On peut naître une deuxième fois

On peut naître une deuxième fois

Marie-Andrée RICAU-HERNANDEZ

On peut naître une deuxième fois

MÉMOIRES

On peut naître une deuxième fois

On peut naître une deuxième fois

« L'enfance est ce qui nourrit la vie »

Christian BOBIN, Le très bas, Gallimard, 1992

« Je ne pense pas qu'il y ait de l'orgueil ou de l'impertinence à écrire sa propre vie, encore moins à choisir, dans les souvenirs que cette vie a laissés en nous, ceux qui nous paraissent valoir la peine d'être conservés. »

George SAND, Histoire de ma vie

On peut naître une deuxième fois

On peut naître une deuxième fois

A mes parents

Je tiens à remercier vivement Janine Douzilly qui, avec dévouement, compétence et, aussi, une persévérance notoire, a exécuté la frappe de ce livre.
Merci, également, à Pierre Léoutre qui s'est chargé avec son habilité coutumière de la mise en pages.

On peut naître une deuxième fois

PROLOGUE

De la petite enfance, on ne garde généralement que quelques souvenirs brumeux, flous et pâles comme de vieilles photographies ; comme des bribes de pages arrachées à l'on ne sait quel livre et qui, parfois, s'échappent de l'inconscient, sans cohérence, pour revivre dans la mémoire pendant quelques instants fugitifs.

Falaises. Une journée grise – gris sur gris – sur une côte du nord de la France. La maman de Chloé a voulu voir la tombe d'un de ses frères, dans le grand cimetière militaire de 1918. Petites croix blanches, toutes pareilles, alignées jusqu'au bord des falaises. Au delà, une ligne gris pâle : la mer. Falaise. Bande étroite de galets gris où la marche est pénible, instable, pour les petites plantes de pied à la peau rose et fragile ! Galets arrondis, polis, plus foncés et luisants par endroits parce que mouillés. La sensation étrange de se sentir coincée, comme dans un rêve un peu angoissant dont on ne pourrait s'échapper. Coincée entre le mur des falaises et une étendue gris pâle qui avance par intervalles et s'arrête soudain sur une frange d'écume, juste avant d'atteindre la falaise. Plage de Wimereux...

Un arbre immense au gros tronc rugueux. Au fond d'un jardin tout en longueur – fleurs, fruits et potager – derrière le pavillon d'une banlieue parisienne. Une petite fille, trois, quatre ans à peine, est juchée dans l'arbre : Chloé. Elle cueille les cerises et, comme les merles, elle recrache et fait tomber dans l'herbe les noyaux. Un grand panier, au pied de l'arbre, se remplit peu à peu : c'est la cueillette, à la maison. On aura tous les jours une dessert à portée de la main et, aussi, des confitures. La maman attrape Chloé, comme un petit chat agrippé aux branches. Un petit chat avec des boucles d'oreilles de cerises et qui rit. Pour un peu, c'était l'indigestion ! Jardin de Soisy. Montmorency est proche : le royaume des cerises...

« Mademoiselle toute en laine ». C'est Chloé, un matin d'hiver gris et froid. Une des religieuses du pensionnat paroissial de Soisy habille chaudement la petite fille ; des bas de laine, jupe et corsage tricotés, une écharpe, en laine elle aussi, enroulée autour du cou. Chloé va déjeuner dans le petit réfectoire, vide à cette heure ; un bol de chocolat au lait avec des petits morceaux de pain trempés dedans : des « mouillettes » comme on dit pour les œufs à la coque. Le frère de Chloé n'est pas là, il s'est levé de bonne heure, comme les autres pensionnaires, pour entrer dans l'une des petites classes où il est inscrit depuis longtemps. A l'heure de la récréation, bientôt, Chloé ira dans la cour jouer avec les autres enfants : à cette époque, il n'y a pas encore de crèches, ni presque de maternelles ; les tout petits restent à la maison avec leur maman ou, chez les familles riches, avec leur nounou. Chloé et son frère sont au petit pensionnat pour plusieurs jours. Les parents les y ont laissés en garde ; sans doute ont-ils dû s'absenter pour chercher un appartement à Toulouse où il va falloir prochainement s'installer.

A Soisy, le père de Chloé joue parfois du violon ; un son chaud, moelleux, vibrant, pour bercer Chloé dit-il, mais qui donnerait plutôt envie de pleurer. « Arrête ! Tu vas rendre malade cette enfant ! ». L'enfant tressaute sans répit, en cadence, les deux mains agrippées à la balustrade qui borde le petit lit ; elle chantonne – « Ah, Ah, Ah... » - d'une petite voix de chaton. Rythme de la musique qui, ainsi, à l'éveil de la vie, fera naître un rythme musical intérieur ; un rythme qui sera celui de Chloé, pendant longtemps, longtemps. La maman de Chloé a une très jolie voix. Elle aime chanter. L'un et l'autre ont formé avec quelques amis de Soisy un groupe de musiciens amateurs. Il y a des petits concerts et puis l'animation des messes du dimanche à l'église et surtout, celle de la nuit de Noël. C'est ce qu'entendent dire les enfants : ils n'y vont pas, ils sont encore trop petits. De Noël, ils ne se rappelleront que de petits cadeaux, de très bon matin, dans les pantoufles bien alignées au pied d'un Jésus qui vient de naître et leur sourit.

« De quel instrument aimerais-tu jouer ? » C'est le père de Chloé qui parle. La maman, à côté, écoute. Chloé, entre eux, haute comme trois pommes, lève la tête et les regarde. C'est presque l'été. Il fait chaud dans l'appartement perché au quatrième étage (un escalier en bois, raide, tournant, sans ascenseur), en plein centre de Toulouse, donnant sur la chapelle du musée des Arts. Dehors, les tramways, bruyants, font sonner leurs timbres, un son métallique incessant ; les automobiles klaxonnent pour un oui ou pour un non. Chaleur, bruit, poussière d'un début d'été. Chloé ne réfléchit pas, elle lance spontanément : « Je voudrais faire de la harpe ». Pourquoi, de la harpe ? Elle a dû l'entendre dans un concert où ses parents l'ont emmenée avec son frère ; et ces cordes, éveillant un écho magique, l'ont fascinée. Elle a cinq ans, elle apprend déjà le solfège avec une vieille dame un peu redoutable, un peu bougonne, qui scande avec une baguette sur le pupitre du piano les mesures qu'il faut apprendre à respecter... Chloé n'aime pas beaucoup les séances de solfège ; elle gardera le souvenir de l'odeur de vieux papier du cahier un peu corné, un peu jauni, où des générations d'élèves ont dû, comme elle, étudier leurs leçons de musique. Mais la harpe, qu'elle a eu l'occasion de voir et d'entendre, c'est le rêve !... « Hélas ! » dit son père, « ce n'est pas possible : nous bougeons trop et voyagerons beaucoup. Comment pourrais-tu transporter sans cesse ta harpe ? Mais, si tu le veux, tu peux apprendre le piano ; il y en aura partout à ta disposition, même dans les hôtels ». Bon ! Chloé se résigne ; mais, malgré tout, elle n'est pas trop déçue : son avenir musical est tracé.

Des fleurs, dans de grands vases, des corbeilles en osier tressé : lys, roses, seringa. Des fleurs blanches, partout, des candélabres dorés, des chants d'enfants entourés par les dames catéchistes. L'église Saint-Jérôme, à Toulouse, bondée. Curieuse église, au rez-de-chaussée de hautes maisons (les gens vivent au-dessus, c'est étonnant) qui furent le couvent des Hiéronymites, en plein centre de la ville - le vieux châtelet du Capitole est à deux pas – et dont l'autre curiosité est qu'elle est une sorte de passage (elle a deux portails latéraux de sortie mais pas de portail principal, au bout d'un long couloir) entre deux rues passantes.

Eglise dont l'intérieur fait penser à un petit théâtre du 18ème siècle : boiseries peintes en vert pâle, formant des panneaux soulignés de dorures, plancher au lieu de sols de marbre ou carrelés. Mais Chloé ne saura pas se rappeler tout cela, même en une mémoire lointaine, brumeuse : elle est trop petite pour prêter attention à un décor ancien. Ce dont elle se souviendra, oui, c'est qu'elle est habillée de blanc : un petit costume marin en coton blanc, jupe courte plissée, bas blancs et souliers blancs à barrette. Sur la tête, une couronne de fleurs de lys, bien calée (pour ne pas risquer de tomber !) sur des cheveux noirs coupés court, avec une frange sur le front à la Claudette Colbert – c'est l'époque -. Les enfants s'avancent en double file : garçons sur une, filles sur l'autre, jusqu'à la table de communion recouverte d'une longue nappe blanche amidonnée, ourlée de dentelle empesée, sous laquelle il faudra passer les mains pour recevoir l'hostie. Les dames catéchistes et monsieur le curé – ou son vicaire – leur ont bien expliqué tout cela. Chloé est une des plus petites, peut-être la plus jeune : elle n'a pas encore l'âge de raison, même pas six ans ; mais on a jugé sans doute qu'elle était assez grande et avait appris suffisamment de catéchisme pour faire sa première communion. Non : la communion privée comme l'on dit alors. Chloé se rappellera par la suite, tels des « flashes » fixant à jamais les poses fugitives d'une photo, ces menus détails, un peu en désordre, qui lui permettront bien plus tard de reconstituer ce puzzle du passage, bref et solennel, de la petite enfance à l'âge dit « de raison ». Ce qui, également, et avec plus de netteté, restera fixé au fond de sa mémoire, c'est, précisément, le flash du photographe, le lendemain dans l'après-midi ; pour la séance de pose obligatoire de l'incontournable photo-souvenir de première communion. Comme l'était aussi, dans toutes les familles, pauvres ou riches, la photo du bébé couché ou assis – comme un Jésus de cire – sur un oreiller, quelques mois après sa naissance. Photographies jaunies, aux bords parfois écornés ou recroquevillés, qui, avec celles des jeunes mariés, emplissent les albums ou les tiroirs de toutes les familles ; de France et d'ailleurs dans le monde. Chloé, de cette date mémorable de sa « communion privée », se rappellera donc cela, mais surtout, car ce sera un des souvenirs désagréables de sa petite enfance, la séance chez le photographe. Panique, trépignements, pleurs – les passants regardent avec curiosité ce petit bout de fille en blanc, couronnée de lys, qui résiste à la main de sa maman et refuse d'entrer dans l'immeuble toulousain ; tel un âne buté qui refuse d'avancer. Elle a une peur nerveuse de ce qu'elle croit se rappeler être une détonation : la lumière qui s'allume brusquement au moment de la prise de la photo – « Ne bouge plus, regarde le petit oiseau qui va sortir »... mais pas d'oiseau, par contre, une lueur brutale... que les adultes sont menteurs ! – dont elle avait fait une première expérience, désagréable, chez son grand-père paternel. Il aimait prendre le groupe familial quand on venait en vacances et faisait de très bonnes photos. Comme le monsieur qui se prépare à photographier Chloé en communiante, son grand-père paternel installait son trépied dans la cour, faisait non sans mal se regrouper ses modèles petits et grands, puis disparaissait sous un grand voile noir dont ne dépassait que l'objectif. « Attention ! Le petit oiseau... Et puis, c'était cette sorte d'éclair, rapide mais fulgurant, qui faisait peur aux tout petits lesquels, immanquablement, se mettaient à pleurer. C'est ce qu'a fait Chloé : pas si bête ! Elle s'était dit : « on ne m'y reprendra pas !... ».

A force de menaces sévères, de phrases rassurantes – relativement – et surtout, la promesse solennelle de gâteaux au chocolat ou à la chantilly que l'on mangera aussitôt après, aux « Gâteaux de Limoux », la pâtisserie par bonheur toute proche, Chloé finit par céder. Chez le photographe, on sèche les larmes de Chloé dont la séance de martyre est, heureusement, fort courte – c'était prévisible. Les images photographiques – en noir et blanc, bien sûr – montreront, quelques jours après, une petite fille sage au sourire à peine esquissé, un peu figé. Un tout jeune visage, surmonté d'une couronne de lys, aux yeux graves qui regardent vers le lointain. Un regard que l'on pourrait croire pensif, méditatif ; mais qui, en réalité, garde au fond des yeux quelques larmes ; celles d'une peur pas tout à fait surmontée et qui restera à jamais fixée sur le papier pâli.

———————

On peut naître une deuxième fois

I – LES ORANGES VERTES

Rires, bruit d'éclaboussures d'eau. Un long bassin rectangulaire, rustique ; point d'arrivée sans doute d'une des « *acequias* », ces canaux d'irrigation d'origine orientale qui sillonnent la Huerta de Valence. La maison, solide bâtisse aux murs blanchis à la chaux, au milieu d'une des orangeraies de Carcagente, dans la Huerta. Chloé n'a pas fait très attention à cette maison. Saura-t-elle se la rappeler avec précision ? Sûrement pas. Elle est, en ce moment, sous les feuillages verts et luisants des orangers. Sous une pluie, figée, d'oranges vertes. Première vision d'un pays inconnu. L'Espagne. Les parents l'ont emmenée avec eux. Son frère est resté à Toulouse. Une visite de quelques jours dans ce « Levante » espagnol : le père de Chloé a été invité, à la fin de la « campagne des oranges », par le Président de la Confédération des exportateurs d'agrumes de cette région. Un ami. Il fait doux, même tiède, le soleil est déjà chaud. Mars ? Avril ? Qui sait... Déjà sur d'autres orangers non loin, des petits points blancs : des boutons de fleurs. Dans quelques semaines sans doute, les fleurs d'oranger s'ouvriront, dégageant leur parfum envoûtant. Un arôme sucré, si pénétrant qu'il fait mal à la tête. Un parfum qui flottera bientôt, inoubliable, sur les places et dans les rues du Levante et d'Andalousie, accompagnant les processions de la Semaine Sainte.

Pour l'instant, Chloé est là, un peu seule, intimidée car elle ne connaît personne, sous les orangers. Les parents bavardent dehors, avec leurs amis et d'autres amis de ceux-ci, venus les rencontrer, en attendant l'heure du déjeuner. Un repas tardif – comme toujours en Espagne – qui sera servi en plein air, sur la pelouse, près du bassin où s'ébattent les jeunes garçons. Les bonnes de la maison vont bientôt apporter d'immenses « *paellas* » valenciennes dans de grandes poêles à deux anses qu'il faut porter à deux tant elles pèsent, venues de la cuisine toute proche. Un riz au goût prononcé de safran, avec tant de choses dedans qu'on ne sait pas très bien ce que l'on mange. Mais si savoureux ! Après, on apportera de grands gâteaux faits à la maison, aussi grands que les poêles de la « *paella* » : grands comme des roues d'automobile. Biscuits légers, fourrés de crème à la cannelle et au citron, recouverts de blancs d'œufs battus en neige et saupoudrés d'une sorte de farine : c'est du sucre glace : un délice !

En attendant tout cela, Chloé, un peu à part, se sent comme délaissée. Délaissée, non ; mais un peu oubliée... sous les orangers. Or, voici que les enfants de la maison sortent de l'eau, s'ébrouent, vont se rhabiller, car il fait quand même frais. Ils viennent vers Chloé, l'entourent. Comment t'appelles-tu ? Chloé ne connaît pas l'espagnol mais commence à comprendre quelques bribes de cette langue qui lui deviendra bientôt familière dès qu'elle sera entendue à longueur de journée. Les garçons tendent les mains vers les branches, qui sont basses, cueillent des oranges... vertes !... Puis mordent dedans avec un plaisir visible « *Toma* ! *Prueba...** » dit à Chloé un garçon en lui tendant une orange verte. Chloé a déjà mangé des oranges, en France. Mais pas de cette couleur. Elle sait déjà, par un début d'expérience, que les fruits verts ne sont pas mûrs ; et qu'ils font grincer des dents.

Poliment, et par timidité aussi, elle prend son courage à deux mains et mord à même la peau, qu'elle s'apprête à recracher aussitôt. La chair entrevue est dorée, à peine rosée. Le jus coule dans la bouche, sur le menton. Surprise. Délices ! Du miel...

---

*« *Tiens ! Goûte...* »

On peut naître une deuxième fois

II – VISIONS FUGACES

Sagunto... Non loin de Valence. Chloé chemine avec sa maman qui la tient par la main ! Elle doit avoir cinq ans. Qu'est-elle venue faire ici ? Elle ne saurait le dire. Sans doute son père a-t-il, à Valence, des rencontres avec les exportateurs d'agrumes (elle le saura plus tard : son père installe des relations commerciales et ferroviaires entre ces régions d'Espagne et l'Europe du Nord, via la France). Tout ce qui restera de ce coin de pays inconnu, dans la mémoire de Chloé, c'est une brève vision : celle de ce chemin entre des rochers rougeâtres, d'une belle couleur sanguine, où passe une charrette tirée par un mulet ; quelques oliviers et, le long de l'un des côtés de la route, une file d'agaves. Vision brève, cadrée comme une photo en couleurs. Qui s'effacera très vite, du moins elle pourrait le croire, de la mémoire de Chloé. Mais qui, cependant, remontera jusqu'à la surface du conscient, bien plus tard quand, à l'improviste et sans lien apparent, viendra surgir telle ou telle image d'un rivage méditerranéen. La Méditerranée. Et des roches sanguines, en surimpression. Terres nouvelles, terres lumineuses, terres d'accueil...

Valence. La salle à manger de l'hôtel. Y est-on depuis plusieurs jours ? Sans doute... Une table ronde. Papa, maman, Chloé. Un serveur en habit noir, déférent, apporte le dessert. « Qu'est-ce ? » se dit Chloé : on dirait des œufs sur le plat... comme dessert ? « Beurk ! » se dit Chloé de nouveau – « *Es muy bueno* » (« C'est très bon ! ») dit le serveur en plaçant l'assiette devant la petite fille. Chloé plante sa cuillère dans ce curieux entremets. « Mais oui, c'est très bon, n'est-ce pas ? » dit son père. C'est vrai. Une moitié de pêche au sirop, trônant sur une crème à la vanille. « *Melocotones en almibar* »*. Chloé replonge sa cuillère dans la crème. Mais, soudain, un brouhaha. Le serveur, les autres serveurs de la grande salle à manger – elle est comble – lâchent les convives et se précipitent vers la table voisine de Chloé et de ses parents, qui était restée vide. Un maître d'hôtel, empressé lui aussi, devance les arrivants cependant qu'on entend une voix féminine, parlant haut, en français. Une voix un peu criarde ; vulgaire, se dit Chloé. Le maître d'hôtel, empressé, avance la chaise où s'installe une dame pas jeune, très maigre, parée d'un long collier et de bijoux. Le serveur le plus

* Des pêches au sirop. Le classique dessert des restaurants espagnols, pendant bien longtemps.

proche glisse une petite phrase à l'oreille des parents de Chloé, qui la reprennent avec étonnement. La phrase, chuchotée, court de table en table. Tous les convives se retournent et dévisagent avec étonnement les arrivants, cette femme accompagnée de deux hommes, qui viennent de s'installer : « C'est Mistinguett »...

Des galops de chevaux. La maman de Chloé va vers la fenêtre de la chambre qui donne sur les Ramblas. On est à l'hôtel Oriente, à Barcelone, attendant l'arrivée du déménagement parti de Toulouse. Ce sera, très bientôt, l'installation dans un appartement tout neuf du quartier de l'Ensanche ; zone urbaine récente, en pleine expansion ; quartiers semi-résidentiels qui montent doucement, depuis la Sagrada Familia – encore en chantier – jusque vers Pedralbes et son antique monastère, sur les pentes du Tibidabo. Zone traversée par une large avenue, un axe en diagonale qui file vers le nord-ouest de la ville : la Diagonal.

La chambre d'hôtel commence à s'assombrir : c'est le soir et, dehors, il doit pleuvoir. « Venez vite ! » dit maman. Chloé et son frère se précipitent vers les fenêtres. Telles les images d'un kaléidoscope, des panaches de plumes, longues et légères comme des

On peut naître une deuxième fois

queues de faisan – de faisan blanc, se dit Chloé – défilent rapidement devant les vitres. Plumets blancs qui couvrent presque les shakos bleu clair gansés d'or de l'escorte royale. Uniformes bleu clair et blanc de la garde du roi sur des chevaux rapides qui, encadrant sans doute sa longue automobile – qu'on ne peut voir – remontent à vive allure les Ramblas. Ils se dirigent probablement vers le Paseo de Gracia puis la Diagonal, en direction du Palais Royal de Pedralbes. Alphonse XIII est pour quelques jours en visite à Barcelone. On est dans les semaines qui précèdent Pâques : Avril 1930. Bientôt, dans un an, le roi d'Espagne cèdera la place à un nouveau régime : la république. Mais Chloé ne le sait pas, comme tous les jeunes enfants. Ce qu'elle sait et ce qui l'excite un peu, c'est qu'elle est pour quelques jours dans un bel hôtel. Un hôtel aux tapis moelleux, aux lampes en forme de globe à la lumière dorée, un peu rougeâtre ; un hôtel avec des grilles, séparant les salons du rez-de-chaussée, où s'enroulent des tiges de métal qui montent en spirale, volubilis ou seringa. L'hôtel Oriente, exemple architectural de l'Art Nouveau, le Modern-Style des années 1900 ; à Barcelone, un de ses lieux de prédilection. Cela, Chloé le voit d'un regard neuf, étonné et admiratif ; mais sans pouvoir dire ce que sa mémoire enregistre.

Ce qu'elle sait, par contre, parce qu'elle le ressent confusément, c'est que son cadre de vie est devenu différent. Barcelone, une ville inconnue, un décor nouveau qu'elle commence à peine à explorer, si différent de ses lieux de vie antérieurs, grisailles dont elle ne se souvient que vaguement. Mais ici, elle sent confusément qu'il sera bon de vivre. Un peu comme un chat qui se sent bien pelotonné au chaud, dans son territoire.

<u>Odeurs</u>, <u>couleurs</u>, <u>saveurs</u>, <u>sons</u> : tout un univers qui va devenir familier, imprégner chaque instant de la vie quotidienne. Qui restera indissolublement associé dans la mémoire, même si l'on n'en a pas nettement conscience, à cette période première de la vie. Et dont l'un des éléments – si infime soit-il – resurgissant à l'improviste bien des années après, fera remonter à la surface de l'inconscient tout un pan de la vie d'enfance. Comme la madeleine de Proust.

Pour Chloé, tout ce qu'elle sait maintenant c'est que pour elle commence une vie nouvelle. Si différente, et si neuve, qu'elle a l'impression confuse, mais heureuse, de naître une deuxième fois.

On peut naître une deuxième fois

III – ODEURS, SENTEURS

Peinture fraîche, claire, d'un jaune pâle : les peintres l'appellent « jaune de Naples » ; odeur de plâtre frais à laquelle elle s'associe. Peintures et plâtres de ce qui est neuf, de murs et de plafonds récemment construits. Odeurs des marbres blancs ou gris clair quotidiennement lavés : carrelages, marbres des tables et éviers des cuisines ; marbre des comptoirs dans les boutiques du quartier, neuves et récemment installées, elles aussi. Tel le *colmado** qui occupe une partie du *chaflan***, en bas de l'immeuble où habitent Chloé, ses parents et son frère. L'épicerie jouxte la porte d'entrée, grande, arrondie du haut, avec une grille doublée d'un vitrage dont les barreaux de fer, peints en noir, sentent aussi le neuf, ainsi que le vestibule dallé de marbre et – chose nouvelle pour Chloé – un ascenseur vitré avec, sur le côté de la porte, une plaque de cuivre bien astiquée où un bouton sur lequel on appuie fait descendre l'ascenseur. Un jouet neuf passionnant mais où les enfants ne peuvent monter qu'accompagnés : le jeune ménage de concierges – lui est maçon de métier – y veille attentivement. La maman de Chloé l'envoie

* *colmado* : nom catalan de l'épicerie
** *chaflan* : angle de rue en catalan

au *colmado* de temps à autre, quand elle ne peut descendre ou que la bonne Asuncion, est occupée. Petite boutique qui, elle aussi, sent le neuf des carrelages et des peintures du comptoir et des étagères. Odeur à laquelle se mêlent des senteurs parfois indéfinissables : épices, jambon de montagne aux tranches coupées finement, comme des feuilles de papier à cigarettes – c'est ainsi qu'on l'aime en Espagne -, cannelle et vanille aux senteurs poivrées. Des fruits aussi : bananes, oranges, et, en automne, raisin de Malaga – que l'on appelle « moscatel » - aux grains gros et dorés. Chloé s'acquitte de ces achats comme elle le peut, dans un charabia trilingue qui, progressivement, deviendra une langue correcte ; mais qui, pour le moment, n'est qu'un amalgame plus ou moins heureux de français (60 % au moins), d'espagnol et de catalan (pas plus, et c'est une honte se dit un peu penaude Chloé, de 30 % et 10 % respectivement)… Peu importe, l'épicier la comprend et c'est là l'essentiel. Il arrive que le *colmado* est plein de bonnes et de cuisinières, venues des appartements du quartier en fin de matinée. Elles bavardent entre elles et avec l'épicier dans un catalan fortement scandé. Chloé n'en saisit guère que des bribes et s'impatiente car elle n'aime pas attendre. Au diable toutes les commères !

En face, juste en traversant la place qui, en fait est le recoupement des rues de Provenza et Mallorca, comme c'est le cas, à intervalles presque géométriques de cet immense damier qu'est la récente zone résidentielle de l'*Ensanche,* se trouve l'Institut Français. On appelle ainsi cet ancien hôtel particulier entouré d'un petit jardin planté de platanes – l'arbre des pays méditerranéens – et un large perron de belles pierres. Il abrite un Institut Culturel ; mais aussi (on commence à se sentir à l'étroit car le nombre des élèves augmente tous les ans) les classes du primaire à la terminale. Des instituteurs et des professeurs venus de France y enseignent ainsi que quelques espagnols, mais bilingues ; tous, triés sur le volet. C'est là que Chloé et son frère ont été inscrits dès leur arrivée pour y suivre leurs études. Les petites classes comme celle de Chloé, relativement spacieuses, ont un large balcon, une presque terrasse, qui sert de cour de récréation lors des brefs inter-cours.

Les balustres de pierre sont hauts, épais (difficile de les escalader pour des petites jambes !), dans le style de la plupart des façades des maisons cossues en Catalogne. Mais – souvenir difficile à effacer – les petites tables sont de couleur bleu azur, ce qui est insolite pour des tables scolaires, et très attirant. On s'y installe à deux, garçons et filles : ici, c'est déjà la mixité ce qui, tout d'abord, avait fait faire une grimace à la maman de Chloé ; mais bien vite, les parents se sont rendu compte que l'ambiance était saine et chaleureuse et la discipline, facilement acceptée par tous. Ces tables bleues sont soigneusement repeintes tous les ans, avant la rentrée d'Octobre. Et l'odeur de peinture fraîche, ajoutée à celle des plâtres des murs neufs des intérieurs, des carrelages et marbres qui revêtent sols et murs du quartier, restera longtemps dans l'odorat de Chloé, renforçant une impression d'enfance qui ne s'estompera que lentement au fil des ans : celle de l'inauguration d'une vie tellement différente de l'antérieure ; agréablement dépaysante ; comme neuve elle aussi ; presque des vacances !

Odeur de carrelages neufs, de plâtre frais, de marbres lavés, à nouveau respirée dans cette « *lecheria »,* une crèmerie toute proche. Petite boutique récemment installée elle aussi, dans l'étroite et calme rue plantée, comme toutes les autres, de jeunes platanes, qui mène de la place où est la maison au Paseo de San Juan. Large avenue non encore aménagée, le Paseo San Juan monte vers la Sagrada Familia, tout près de là. C'est une construction étrange, tarabiscotée, en plein chantier. Le Paseo San Juan a, en son milieu, un large espace de terre tassée et de sable jaune pâle où jouent les enfants du quartier. Chloé, de temps à autre, accompagne sa maman ou Ascension, la bonne, dans la crèmerie où elles achètent le beurre, les œufs et aussi la « nata », cette crème épaisse à l'odeur fine, un peu sûre, qu'on lui dira plus tard être battue au lait de chèvre, comme c'était coutume, alors, en Catalogne et, sans doute, dans d'autres pays méditerranéens. La crèmière la vend au poids, en la mettant à grandes louchées dans du papier sulfurisé, sur l'un des plateaux de la balance de cuivre bien astiquée. Quand on paye avec des « *douros* »* qui, alors, contiennent dans leur alliage de l'argent, elle fait comme tous les marchands d'Espagne à cette époque : d'un geste rapide et agile, elle jette la pièce sur son étal de marbre blanc et la fait sonner. Si son tintement est clair, c'est qu'elle n'est pas fausse. Chloé trouve ce jeu d'adresse fort amusant ; elle aimerait que l'on paye toujours en « *douros* » les achats ; faire les commissions serait alors un amusement quotidien. De retour à la maison, on savourera à la fin du repas cette crème fouettée et légère. La maman de Chloé, gourmande comme une

Douro : pièce de 5 pesetas en argent – Les espagnols avaient coutume de compter en douros et ses multiples : deux douros pour dix pesetas, cinq pour vingt-cinq, etc.

chatte, y met souvent quelques gouttes de liqueur du Montsserat, « pour la rendre plus savoureuse », dit-elle. Papa proteste : ce n'est pas très diététique, tout cela. Mais c'est si bon !

La «*farigola* »*. Semaine sainte, à la senteur spécifique, pénétrante, dans le vieux quartier de Barcelone : rues étroites aux hautes maisons ; petites places au détour d'une ruelle ; pont qui enjambe la rue de la Généralitat de Catalogne ; vaste place carrelée de grosses dalles luisantes, plantée de palmiers ; place aux vieux pavés qui monte par degrés jusqu'à l'esplanade de la Cathédrale, et Santa Maria del Mar, et Santa Maria del Pino, autres édifices religieux au clocher octogonal surmonté d'une armature courbe de fer : sorte de cage qui abrite les cloches, selon le style de cette côte méditerranéenne, de Barcelone à Valence. Entrelacs de voies médiévales bordées de petites boutiques où l'on trouve de tout et que l'on n'appelle pas encore – ce sera plus tard, à l'ère touristique - le quartier gothique **. Il y flotte une vague odeur de mer

* *«farigola » : nom catalan du thym*
** *«el barrio gotico », restauré dans les années 50, qui fait maintenant partie des visites incontournables de la capitale catalane.*

et de poisson : les quais sont là, en bordure, et c'est encore le quartier des pêcheurs. Mais, cette semaine sainte, les odeurs qui triomphent de celle de la mer, sont plus âcres, plus pénétrantes ; méditerranéennes : on vend à cette époque, dans le vieux quartier autour de la cathédrale et des églises gothiques du thym, du serpolet, de la lavande, de la sarriette et tant d'autres herbes odorantes, aux senteurs fortes, celles des terres rocheuses et desséchées en bordure du bassin méditerranéen. Pourquoi en ces jours de Passion ? Sans doute pour rappeler la myrrhe, le thym, l'aloès et l'encens aux senteurs orientales ; aromates qui, nous dit le récit évangélique, avaient été placées dans le linceul enveloppant le Christ, lors de sa mise au Tombeau. On achète ces plantes, on les rapporte chez soi. Elles imprègnent les maisons comme elles imprègnent de leur odeur pénétrante les églises où l'on va visiter les reposoirs : ce sera jusqu'à la semaine de Pâques à laquelle depuis les Rameaux, elles sont indissolublement associées. En ce moment, il y a aussi les palmes ; en attente d'être vendues, elles ornent en gerbes dorées les places et les parvis. On les achète également dans ce quartier, avant le dimanche des Rameaux. Elles seront bénies au cours de la messe, ainsi que l'olivier, comme on le fait en France du buis et du laurier. Les enfants les rapporteront dans les maisons pour les attacher aux balcons afin qu'elles protègent les familles jusqu'à la prochaine semaine sainte. Coupées, et leur tige soigneusement râpée, dans la palmeraie d'Elche, près de Murcia, oasis plantée par les Arabes il a plus de mille ans ; elles dégagent une légère odeur de sève bien particulière. Senteur pénétrante des aromates et des palmes fraîches de la Semaine Sainte et de Pâques, qui, rétrospectivement, restera longtemps une des dominantes dans l'odorat de Chloé. Mais elle n'aura aucun souvenir de ces processions impressionnantes bien que théâtrales dans les rues des villes espagnoles, propres à la « Semana Santa ». La république de 1931 les a supprimées en Espagne...

Violettes, petites roses minuscules, jacinthes. Dans une coupe, sur une petite table ronde de l'appartement de la Calle Provenza. Odeur fine et à la fois grisante, de printemps. Le printemps précoce de Barcelone. Déjà, fin janvier, les kiosques des marchands de la Rambla de Las Flores, qui, de la grande Place de Catalogne, descend doucement en direction du port, offraient de grandes brassées de mimosa odorant coupées dans les « *huertos* »*** de la région.

En ce moment, c'est février ; le mois des violettes, des jacinthes et des bouquets de petites roses serrées, finement parfumées, qui tiendront longtemps, embaumant les maisons. Le printemps, dehors, a déjà pointé son nez dans les bois qui descendent, nature alors intacte, de l'autre côté du Tibidabo, le versant qui tourne le dos à la mer. On sent déjà la chaleur du soleil à travers les feuillages dans les bois du Montseny, un peu plus loin, où l'on va avec parents et amis, se promener le dimanche. Un printemps précoce : oui, des pervenches ; pointant leurs têtes bleu lavande, parmi les ronces et le sol encombré de feuilles mortes. Des pervenches, ah ! quelle joie ! Elles n'ont guère d'odeur, c'est vrai. Mais elles s'offrent à vous par surprise, pour vous dire que l'hiver – un hiver bien court dans ces régions méditerranéennes – est presque fini...

———

** « huertos » : jardins potagers, producteurs de primeurs et de fleurs.

On peut naître une deuxième fois

Parfums – Dans la mémoire de Chloé, les parfums intègrent cet univers familier que constitue l'appartement tout neuf et clair de Barcelone, les platanes de la place, les parents si aimants, tous les amis petits et grands qui apportent mouvement et gaîté dans la vie quotidienne. Dans les parfums qui embellissent cet univers, il y a surtout ceux des petits flacons qu'on offre de temps à autre à la maman de Chloé : son père ou bien des amis venus de France. Des flacons tous différents mais tous plus étonnants les uns que les autres et dont la marque, dit-on, est prestigieuse : le n° 5 de Chanel, Robe du soir de Carven, le Chic de Molineux, le Dix de Balenciaga, Arpège de Lanvin. Des noms à faire rêver, qui rendent encore plus envoûtantes ces senteurs ! Tels, par exemple, un ou deux flacons sur une étagère dans la chambre des parents où Chloé, grimpant un jour sur une chaise, a vu l'étiquette dorée écrite en espagnol. Leur senteur est un peu différente, un peu sucrée mais capiteuse aussi. Chloé se rappellera toujours le nom de l'un d'eux, qui évoque l'Orient : « Embrujo de Sevilla » de Myrurgia*. Ce parfum, de ceux que l'on aime beaucoup en Espagne, au point qu'il en est l'un des éléments caractéristiques, emportera Chloé en

* « *Sortilège de Séville* »

imagination vers l'univers merveilleux de la Séville orientale chaque fois que sa senteur reviendra l'interpeller à la maison ou dehors, dans les rues de Barcelone au passage de femmes fardées et élégantes. Patios andalous, jardins de l'Alcazar, Giralda, qu'elle a découverts dans des albums en noir et blanc. Plus tard, devenue jeune fille, quand lors d'une visite à Séville elle reverra, cette fois en couleurs, tous ces vestiges d'un passé oriental, c'est ce même parfum, tenace et sucré, qu'il lui semblera sentir flotter autour d'elle à Séville, l'ensorceleuse...

Bien plus tard, Chloé retrouvera ces flacons de parfum soigneusement conservés comme des pièces de collection ; vides, hélas, mais encore imprégnés de toute une gamme d'odeurs délicieuses. Regroupés sur sa coiffeuse, ces petits flacons odorants de cristal, façonnés chacun comme des œuvres d'art – des œuvres restées célèbres, autant que leurs marques – rappelleront à Chloé les heures heureuses de son enfance : un peu de luxe, beaucoup de confort dans une vie de famille toute simple, tout ce que jusqu'à son arrivée à Barcelone, elle n'avait pas connu mais qui restera à jamais le temps fort de sa vie ; cette brève période qu'elle vécut à la fin de « l'entre-deux-guerres », brève, oui, mais dont elle a gardé une moisson de souvenirs.

On peut naître une deuxième fois

IV – ODEURS ET SAVEURS

Odeur de chocolat à la cannelle ; d'épices poivrées ; de thés asiatiques. « La Tupinamba ». Une grande boutique, profonde, aux rayonnages de bois luisant, bien astiqué, sur les Ramblas de Barcelone, presque en face du Théâtre du Licéo. Dehors, à l'entrée de la Tupinamba, à l'abri sous l'auvent, on est curieusement accueilli : par un grand singe de bois sombre, avec sur le corps des striures qui figurent les poils de ce chimpanzé impressionnant, appuyé contre un tronc d'arbre. Impressionnant et inattendu, ce grand singe qui semble interpeller les passants. Il vous regarde mais ne vous fait pas peur. Mieux, il semble qu'il soit là pour vous introduire et vous prévenir que vous entrez dans un univers exotique ; « colonial » comme l'on dit alors en Europe. Un univers, ici, d'outremer : celui des Amériques.

La maman de Chloé l'emmène chaque fois qu'elle va y acheter du thé et, surtout, du café en grains ; qui, dit-on, est des plus parfumés et savoureux ; un des meilleurs de Barcelone. Comme tous les enfants, Chloé préfère le chocolat. Mais pas celui à la cannelle, l' « espagnol » comme elle dit et disent ses camarades français de classe. Celui à la vanille ; ou à rien du tout.

Le chocolat, quoi ! Ici, en Espagne, on l'appelle « à la française ». Peu importe, se dit Chloé, c'est le meilleur, le plus agréable à l'odorat et au goût. Le chocolat à la cannelle est plus pâle de couleur ; il s'effrite, comme fait de grains de sable, quand on le mange en barres. Ces barres que lui offrent, ainsi qu'à son frère, des amis des parents, ou bien la bonne, Ascension, qui en achète quelquefois quand elle l'emmène en promenade et que Chloé lui refile car elle sait qu'elle adore ça. Le chocolat épais, aussi, comme une crème un peu farineuse, qui dégage son odeur de cannelle chaude dans les tasses qu'aiment boire au goûter les enfants et même les grandes personnes, par ici. Odeur à la fois épicée et un peu fade du chocolat au lait parfumé à la cannelle, accompagnant rituellement les « *churros* » ou les « *mantecadas* »*. Odeurs et saveurs qui ne sont certes pas les préférées de Chloé mais qu'elle intègre volontiers dans cette sphère exotique qu'est son univers espagnol tout neuf. Car cette odeur, cette saveur, ajoutées à toutes les autres, tel au temps de Noël celui des petits massepains

* *genre de madeleines, légèrement huileuses (vient de manteca, graisse ou beurre).*

et des « *turrones* »**, sont celles qui imprègnent son univers quotidien, dans ce pays étranger qui est devenu le sien.

« La Perla mallorquina ». Tout près de la maison, dans ce quartier neuf de l'Ensanche barcelonais. La perle de Majorque, bien sûr. Une belle pâtisserie avec de grandes vitrines où sont présentés les gâteaux, les grandes boîtes de fruits confits – douceurs appréciées des espagnols – entourées de larges rubans avec un gros nœud, les chocolats aux papiers d'argent multicolores. Les grands gâteaux, surtout : ces « *brazos de gitana* » : biscuits roulés, longs et bruns comme des bras de gitane. On vient souvent les acheter là le dimanche, ou quand il y a des invités – souvent venus de France – à la maison. Car, paraît-il, ce sont les meilleurs de Barcelone.

Longs biscuits roulés, fourrés de crème au citron, saupoudrés de cannelle ; ou de crème chantilly, légère car mêlée de blanc d'œuf battu selon l'habitude de ces régions de Catalogne et de Levante et saupoudrés de

** *sorte de nougat espagnol ; aux diverses variétés (à la crème d'amandes, au massepain laqué de sucre ou avec des fruits confits).*

sucre glace, qu'on dirait être de la farine. Evidemment, comme on peut s'y attendre, Chloé préfère ceux-ci puisqu'elle vous a dit et redit que le citron et la cannelle – surtout la cannelle – composants rituels des pâtisseries espagnoles, ne sont pas ses saveurs préférées, même si elle en accepte volontiers l'odeur.

La « Perla Mallorquina » dont les propriétaires sont, bien sûr, de Majorque, aux îles Baléares, a une autre spécialité qui fait courir une partie de Barcelone : les, « ensaimadas », ces sortes de croissants – mais ils ont plus exactement l'apparence de rubans enroulés – légers, un peu sucrés car saupoudrés de sucre glace. Chloé, son frère, leurs petits amis français et espagnols, en sont tous friands. Les parents ont appris que, spécialité majorquine, ils arrivaient tous les matins par le premier bateau en provenance de Palma de Majorque. Car Barcelone est le port de la côte espagnole le plus proche des Baléares. La pensée qu'ils naviguent toute la nuit sur la Méditerranée pour arriver au petit matin de ces îles inconnues (de Chloé), quand le soleil n'éclaire pas encore les eaux endormies de la large baie, et s'offrir en gourmandises sur les tables des petits déjeuners, tout frais (on aurait envie de dire, encore tout chauds), cette pensée les rend deux fois plus agréables : ils ajoutent le rêve aux délices du palais.

Majorque, île encore inconnue de Chloé mais déjà rêvée, est le paradis des amandiers. En février, prémices du printemps, les amandiers ouvrent, puis épanouissent leurs fleurs d'un blanc neigeux. Bien sûr, il y en a, et on peut les voir en cette saison, sur la côte catalane et dans l'arrière-pays. Mais aux Baléares, dans l'île de Majorque, surtout, ce sont d'immenses, de somptueux bouquets blancs qui, pendant plusieurs semaines, étonnent et ravissent le voyageur. George Sand les a évoqués dans *Un hiver à Majorque*. Les parents de Chloé sont allés eux aussi dans cette île de rêve pour y passer quelques jours avec des amis français de Barcelone. Leurs filles, Chloé et son frère, devenus inséparables, se sont consolés ensemble de ne pas avoir été emmenés pendant cette semaine. De leur escapade, par une mer houleuse à l'aller – la mer latine en fin d'hiver, est souvent secouée de vagues courtes et dures qui s'entrechoquent brutalement – ils ont rapporté un grand tableau. Ils l'avaient vu peindre à Valldemosa et l'ont acheté au peintre. Sur un mur de l'appartement de Barcelone il est là désormais, comme une fenêtre ouverte sur un pan de paysage majorquin tout fleuri d'amandiers. Chloé le regarde souvent, ravie, et il lui semble alors qu'elle respire, comme en un rêve, le parfum timide, délicat, des amandiers en fleurs.

V – RYTHMES, COURBES ET SONS

Un et deux – un et deux et trois, un et deux et trois et quatre – un et deux et trois et quatre...

Avançant en file indienne, les petites devant, les grandes à la fin de la chaîne, les jeunes danseuses font le tour de la vaste salle ovale en suivant sur la pointe de leurs pieds nus le rythme de la musique. Les bras se lèvent en cadence, s'abaissent, s'écartent largement puis se croisent sur la poitrine pour finir au-dessus de la tête en anse de panier ; ils tracent dans l'espace un dessin linéaire qui suit les indications chiffrées du professeur de danse. C'est la séance hebdomadaire de danse rythmique. Contre l'un des murs, une grande glace et une longue barre. Mais ce n'est pas ici un cours de danse classique sur pointes, en chaussons. Les élèves sont vêtues d'une tunique échancrée de soie noire, courte et légère, qui laisse toute leur liberté aux mouvements du corps ; les pieds sont nus, à l'antique : ainsi dansaient les coryphées lors des grandes fêtes de Grèce.

Yvonne A. de G., jeune femme blonde, fine et douce, diplômée de l'Ecole Nationale de Danse de Bruxelles, a fondé à Barcelone, vers la fin des années 20, cette école de danse rythmique. Son mari, catalan, est violoniste dans l'orchestre du Grand Théâtre du Liceo, connu internationalement, riche en spectacles lyriques renommés. Adepte de la danse rythmique aux formes nouvelles créée au début du siècle par Isadora Duncan, Yvonne A. incite à développer, à partir du rythme musical, la cadence et l'harmonie instinctive des mouvements qui libèrent le corps féminin. On est dans la pleine époque dite « de l'entre-deux guerres », riche en recherches et en créations dans tous les domaines, celui de l'art, surtout. L'époque de la découverte par l'Europe, des Ballets Russes, des ballets aux voiles chatoyants et tourbillonnants de Loïc Fuller*, de l'ensemble pictural de Matisse, « La danse ». Rythme et musique cherchent à éveiller le rythme caché de la femme, la liberté des mouvements, l'émancipation du corps et de l'esprit.

Chloé suit depuis peu avec enthousiasme ces cours de danse auxquels l'ont inscrite ses parents. A la suite de quelle information ? Ou de quelle rencontre avec d'autres parents ? On ne saurait le dire, mais

Danseuse américaine (1862-1928) qui créa des spectacles de danse avec jeux de lumière et voiles ondoyants.

qu'importe ? Elle y retrouve ou s'y fait des amies, la plupart catalanes, quelques-unes françaises. La colonie française – ainsi l'appelle-t-on dans les grandes villes étrangères – est importante à Barcelone à cette époque. Mais plus que tout, Chloé aime retrouver dans ces minutes musicales si courtes, chaque semaine, et grâce à l'éveil au rythme de la danse, le rythme intérieur que son père, dès le berceau, avait fait naître chez elle en lui jouant du violon. Un rythme musical dont ses premières années de piano avaient encouragé en elle la résonance. Il ne la quittera plus désormais, accompagnant sa démarche, son port de tête en un écho intérieur qui animera à jamais le rythme de ses jours, le rythme de ses années...

Dans la salle de danse, Rita, l'accompagnatrice, plaque au piano des accords qui scandent les mouvements des élèves. C'est une catalane originaire de Tossa de Mar, un joli coin de la côte du nord de Barcelone. Elle est jeune, enjouée, bonne pianiste. Bientôt, elle donnera des leçons de piano à Chloé. Elle remplacera un professeur d'une académie de musique barcelonaise ; un gros monsieur moustachu qui parle assez bien le français, ce qui est un avantage ; mais Chloé et son frère ne l'aiment pas beaucoup car ses leçons les ennuient : pas assez pédagogique diront les parents.

Avec Rita, par contre, une complicité s'établit bien vite entre elle et Chloé, dans une même passion, pour l'harmonie des sons, une même sensibilité musicale, et les progrès de l'élève sont rapides.

Mais un jour, pendant le cours de danse, le piano s'arrête brusquement en plein milieu d'une phrase chantante : Schubert ? Schuman ? Effondrée en pleurs sur le clavier, Rita sanglote. La maîtresse de danse se précipite, navrée, pour réconforter sa pianiste ; les élèves, interloquées, se sont arrêtées, une jambe levée, les deux bras en arceau : que se passe-t-il ? Mais soudain, la mélodie reprend, l'alerte est passée ; tout rentre dans l'ordre. Qu'était-ce ? Peut-être des souvenirs brusquement éveillés par ce passage musical romantique... un chagrin d'amour pas tout à fait guéri... une image restera pour Chloé, en surimpression, dans cette douceur musicale...

De temps à autre, la classe de danse rythmique est demandée pour animer une matinée culturelle, parfois même, une « matinée de bienfaisance » comme disent alors les adultes. Un jeudi, bien sûr, jour de congé scolaire, dans un salon de thé élégant de Barcelone. Ambiance feutrée, jeunes femmes et vieilles dames à colliers de perles, parfumées, certaines avec de longs fume-cigarettes dorés ; coiffées de chapeaux de feutre serrés comme des casques – on les appelle, dit-on, des « cloches » et il faut être vraiment jolies pour pouvoir les porter se disent entre elles les petites filles - ; mais il y a aussi des capelines, ornées d'une plume courbe, bien encombrantes celles-là ! Jeunes serveuses en tablier blanc volanté et petite coiffe – la mode anglaise se disent les jeunes danseuses – Tables roulantes qui circulent silencieusement dans le vaste salon couvert de moquette épaisse, avec tant de choses tentantes à proposer ! Mais les petites danseuses sont là, sur une estrade, avec leurs tuniques aux couleurs tendres – du crème au rose orangé, du vert pâle au bleu turquoise – et, finalement, tout en dansant avec application, elles s'amusent beaucoup et souhaitent que cette « récréation » se reproduise aussi fréquemment que possible.

A la fin du mois de mai, chaque année, en clôture de la saison de cours, le professeur de danse présente l'ensemble de ses élèves dans une petite salle de concert de Barcelone. Cela, c'est la récompense publique d'un travail assidu, parfois ingrat mais passionné ; la présentation d'un presque vrai corps de ballet aux parents et amis – la salle est comble en ce début de soirée - ; la « fête ». Incontestablement !

Chopin, Schuman, Schubert, Grieg, Brahms, Dvorak, Scriabine et même Bach et Scarlatti, les « classiques » : les grands compositeurs sont plastiquement présents sur la scène dans leurs musiques choisies parmi les plus dansantes.

Rythmes, courbes musicales et sons : ce sera pour très longtemps l'imprégnation profonde d'une harmonie corporelle qui tend à reproduire l'harmonie du monde ; d'une connaissance devenue familière de la grande musique ; et cela ne pourra jamais s'effacer. Aussi Chloé, bien plus tard, lorsqu'elle entendra ou parfois éveillera sur le clavier les *Arabesques* de Schuman, un *Prélude* de Scriabine ou le très émouvant *Thèmes et Variations* de Frantz Schubert, parmi tant d'autres pièces pianistiques, sentira soudain se déclencher le rythme musical, endormi au plus profond de son être et surgir, comme jadis, l'élan de la danse. Un élan qui la portait alors vers les sphères de l'imaginaire ; vers cette âme de l'univers qu'un philosophe antique a incomparablement évoquée : « La musique, dit-il, est une philosophie. Elle donne une âme à l'univers, des ailes à l'esprit, l'envol à l'imagination, un charme à la tristesse, gaieté et vie à toute chose. Elle suscite et participe à tout ce qui est bon, juste et beau ».* Et si Chloé ne connaît pas encore, dans ses dix ans, ce grand philosophe grec (mais elle a parfois entendu l'évoquer par son père, grand lecteur, humaniste), elle adhère totalement à cette définition de la musique – rythme, son et harmonie – car elle a l'impression, certes difficile à exprimer mais bien ancrée en elle, qu'en entendant et en pratiquant la musique et la danse, on se sent meilleur et plus heureux.

Un cercle ; non pas statique mais, au contraire, cercle vivant ; une roue comme ondulante qui tourne lentement, avec des pauses bien réglées, qui peu à peu s'élargit, s'agrandit jusqu'à prendre les dimensions de la place ; de telle ou telle place, au cœur de Barcelone ou dans les quartiers périphériques nouveaux qui montent vers le Tibidabo ou près des degrés de l'Exposition Universelle de 1931 escaladant les pentes de Mont-Juich, en bordure de mer. Petit à petit, le cercle se dessine en bougeant au son d'une musique agreste. La Sardane. Presque toujours, le dimanche matin, parfois le dimanche après-midi mais alors, dans les villages des alentours. Le cercle s'agrandit au fur et

* *Platon*

à mesure qu'entre dans la danse un passant, une personne du voisinage, un couple fidèle à ce rendez-vous dominical. La ronde, maintenant immense, a pris tout l'espace de la place et tourne en cadence autour d'un axe qui, lui aussi, grossit et s'élève un peu plus à chaque entrée de danseur ou de danseuse, pivot fait d'objets hétéroclites : sacs à main, poches de magasins pleines d'achats, vestes aussi ou écharpes, s'il fait maintenant chaud car le soleil monte dans le ciel. Pour avoir les mains libres – c'est une ronde où tous se tiennent par la main – on dépose en entrant dans le cercle, en toute confiance et familiarité, ce qui gêne pour danser. Car on danse partout, en Catalogne, dimanches et jours de fête. Une danse rituelle sur une musique au rythme immuable depuis des siècles, scandé et annoncé à chaque variation par le son aigre, sonore, agreste, de la *Tenora***. Les pas, en effet, sont compliqués, ils changent soudainement à chaque entrée musicale nouvelle, tantôt sautillants – alors, brusquement, le cercle s'anime – tantôt lents, d'une lenteur grave, solennelle. Il faut compter les pas avec attention car chaque sardane est longue et compliquée à danser.

** *Tenora : sorte de musette*

Les madrilènes, avec cette légère arrogance qu'ils ont tendance à manifester – peut-être parce que, habitants des hauts-plateaux au cœur de la Péninsule, ils se sentent « au-dessus », donc supérieurs, en regard des provinces qu'ils dominent géographiquement – aiment à dire que les Catalans sont de véritables marchands : ils comptent en chiffres les moindres détails de leur vie, y compris leur danse, la sardane, symbole d'une terre très aimée. Sans doute comptent-ils en dansant ; il le faut, afin de projeter sur le sol les dessins complexes tracés par la cadence musicale. Mais ainsi, ces chiffres musicalement et plastiquement exprimés, prennent un caractère magique, presque sacré. La danse, agreste par sa musique, par ses origines, par un certain nombre de ses danseurs, est noble, cependant ; et l'on comprend pourquoi les visages sont graves.

Pendant les vacances d'été, Chloé, son frère et ses parents aiment aussi se mêler à la foule pour regarder une autre danse, symbole millénaire elle aussi d'une culture profondément enracinée dans son peuple : le fandango. A l'opposé de la sardane, le fandango est rapide, d'un rythme joyeux, endiablé. Chloé aime beaucoup cette danse et sa musique, rustique elle aussi, qui en Pays Basque donne gaîté et animation aux nombreuses fêtes de village. Mais pourquoi - elle ne saurait le dire – elle se sent profondément attirée par la sardane des pays catalans, par l'âme qui vibre discrètement dans sa musique et sa danse. Harmonie qui se fond dans l'harmonie et la sérénité de l'univers environnant : montagne aux pentes douces, criques rocheuses où l'eau transparente prend des teintes glauques là où se projette l'ombre des pins, villages aux tuiles rouges, ombragés de platanes. Univers méditerranéen inchangé – ou si peu – depuis les âges antiques. Sardane, âme de la Catalogne.

VI – MOSAIQUE

Le passé, souvent relégué au plus profond de notre mémoire. Tel un substrat fait de milliers de sédiments : évènements, notations passagères, émotions et sensations, sitôt ou très vite effacés nous semble-t-il, après avoir fait irruption heure par heure, jour après jour, dans notre quotidien. Le lointain passé, si notre mémoire s'efforce de le retrouver, plongeant au plus profond des eaux glauques du temps pour en atteindre les vestiges engloutis, cherchant sous des couches de roches et de sable ce dont elle connaît obscurément l'existence ensevelie, alors ce lointain passé sera pour le chercheur obstiné la plus heureuse des découvertes.

Ainsi, les fragments épars des souvenirs qui ont résisté à l'usure du temps et de la mémoire apparaissent au grand jour, comme une sorte de tapisserie de pierre fragmentée. Comme ces mosaïques admirables de l'antiquité dont les morceaux, rassemblés et recomposés, font ressurgir dans notre présent des scènes, des visages, un décor qui, depuis des siècles semblaient irrémédiablement effacés. Mosaïque d'une lointaine enfance aux mille facettes et reflets dont les fragments juxtaposés, tout d'abord peu visibles, disparates, lors d'une première tentative de lecture, finissent par livrer au regard attentif le dessin cohérent d'un passé enfin recomposé.

L'heure est donc venue pour Chloé de poursuivre et finir au plus vite sa recherche, d'interroger une dernière fois, avant de refermer le livre, ce passé méditerranéen de l'enfance ; cette sorte de mosaïque à l'antique où scènes, sons, odeurs et lumières sont autant de petits morceaux de pierre vernissée dont il lui faut sans tarder recomposer le puzzle. Avant que l'achèvement de sa vie – ainsi que toute œuvre construite, tout être créé dans ce monde vivant, tout objet fabriqué, voués inéluctablement à la disparition – ne lui permette plus d'en transmettre la mémoire.

Echappées. Toute la semaine, du lundi au samedi, c'est le travail scolaire. En classe, à l'Institut Français de Barcelone : c'est ainsi que l'on nomme alors ce vaste établissement prévu pour des rencontres culturelles franco-espagnoles, des conférences, des concerts mais dont la majeure partie est consacrée à l'enseignement, des petites classes à la terminale. Un édifice situé juste en face de la maison neuve où

Chloé, ses parents et son frère occupent un appartement ; de l'autre côté de l'une de ces nombreuses places formées par le recoupement en croix des rues de l'Ensanche*. Juste la place à traverser pour Chloé et son frère pour s'y rendre. Des fenêtres de leur appartement on a vue, à travers les platanes de la place, sur cet édifice de début de siècle en belle pierre avec de grands balcons aux balustres eux aussi en pierre qui, tant ils sont logs et profonds, servent de lieux de récréation entre les cours.

Ainsi que déjà signalé, terme désignant les quartiers neufs, de l'extension urbaine, construits progressivement entre 1920 et 1936 le long des pentes montant vers le Tibidabo.

Des petits aux adolescents, l'Institut accueille des élèves garçons et filles : c'est déjà la mixité dans les établissements scolaires français à l'étranger. Pour la plupart, ils sont filles et fils de Français travaillant pour le compte de leur Société dans cette région d'Espagne. Mais il y a aussi des catalans de Barcelone et sa région et même des Suisses et Anglais. On s'accommode fort bien, entre élèves, de ce milieu composite dont le commun dénominateur linguistique est, bien sûr, le français. Les professeurs, expression de ce milieu intellectuel privilégié, sont pour la plupart des ingénieurs mathématiciens, des historiens, des scientifiques, des écrivains parfois, formés à l'enseignement de la littérature française et aussi du latin et du grec, des spécialistes en langues étrangères : allemand et anglais, l'espagnol et le français étant les langues fondamentales. Pas toujours facile de faire des études dans ces conditions exceptionnelles pense Chloé ; mais il faut reconnaître que c'est enrichissant et formateur, intellectuellement.

Pour avoir « sauté » une classe, sur les conseils d'un inspecteur de passage, en entrant en 6ème sans avoir ainsi plus d'un trimestre la dernière année de primaire, avec ses célèbres problèmes arithmétiques de robinets et de trains, Chloé se sent un peu débordée. Latin, anglais déjà abordés par la classe où elle rencontre de nouveaux camarades ; c'est en mathématiques surtout que cela fait mal. Plus aimante des langues, de la littérature et de l'histoire, ce sont les deux composantes, algèbre et géométrie enseignés avec dynamisme par un professeur qui fut ingénieur avant d'être enseignant, qui la déconcertent et la rebutent. Alors que son frère, plus âgé et doué dans cette discipline, s'y meut comme un poisson dans l'eau, mais n'a pas la patience de l'aider... Son père non plus, littéraire et latiniste, plutôt, mais surtout très absorbé par ses tâches professionnelles. Hélas, il faut se résigner ; pendant toute sa scolarité, jusqu'au sacro-saint diplôme du baccalauréat, Chloé traînera ce boulet et en gardera le plus mauvais – le presque seul mauvais – souvenir de ces années barcelonaises. Mais par contre, quel plaisir que de retrouver la littérature, ses grands prosateurs et poètes auxquels les initie la douce et enjouée Madame de R... ! Et aussi l'Histoire antique, au programme du 1er cycle du secondaire ; elle incite à l'étude du latin et donne le courage de surmonter la complexité des déclinaisons et conjugaisons.

Mais il y a les jeudis et les dimanches qui apportent une heureuse diversion. Dans les villes d'Europe, les enfants, jusqu'à leur entrée dans l'adolescence, vont se distraire dans les squares ou sur les terrains de jeux avec ballons, cordes à sauter et patins à roulettes, surveillés plus ou moins de près par les mères qui bavardent entre elles et, surtout, le gardien avec son sifflet qui ne se prive pas d'intervenir quand on franchit imprudemment les arceaux interdisant les pelouses. Bien sûr, il y a à Barcelone pour les plus grands, à l'extrémité de cette nouvelle et très longue avenue de la Diagonal, des aires de patinage et des courts de tennis où ils se retrouvent entre amis et, pour les enfants des familles modestes nouvellement installées dans les « viviendas baratas »* toutes neuves en bordure de ces quartiers résidentiels, il y a, descendant en pente douce, le très récent Paseo de San Juan.

---

* *Ce sont les premiers équivalents de nos H.L.M. construits dès les débuts de la République (1930).*

Avec ses petits espaces de sable bordés de bancs de pierre, pour les jeux des enfants, et ses boutiques neuves de part et d'autre, il prend naissance, tout en haut, sur une esplanade où se dresse une très étrange église, comme éventrée. Elle donne l'impression d'une immense pierre ponce ou d'une monstrueuse éponge desséchée avec autant d'autres éponges, plus petites et dressées en pointe vers le ciel que sont ses douze et étranges clochers. Edifice inachevé, étrange oui, avec cette ouverture béante où, cependant – et cela ajoute encore à son étrangeté – aucun ouvrier ne semble travailler. On l'appelle la Sagrada Familia. Elle ne sera jamais achevée. Car, depuis le début du siècle et dans cette année 30 où Chloé fait la découverte progressive du monde de son enfance et peu à peu s'achemine vers l'adolescence, Barcelone, et plus largement, cette province espagnole de Catalogne, est une immense ruche où s'élaborent, en une intense activité, des recherches dans tous les domaines culturels et artistiques : peinture, architecture, lettres et musique. Et c'est dans ce domaine privilégié que grandit Chloé.

Mais c'est avec son frère et leurs amis préférés, Simone et Yvette surtout, qu'elle s'évade, en bande accompagnée par les mères, non pas dans les jardins publics, un peu fermés, un peu moroses, mais vers les libres espaces, non encore bâtis, dans la montagne toute proche ou en bordure de mer. Car il y a encore des jardins de montagne, grands espaces boisés, sur les flancs du mont Tibidabo qui domine Barcelone et aussi, sur le Montjuich d'où l'on peut voir toute la baie, le port de commerce bondé de cargos mais aussi, de blancs bateaux de croisière et, si l'on se tourne vers le large, l'immensité de la mer. Paysage maritime qu'évoquera en des pages inspirées un philosophe catalan, Eugenio d'Ors, en un parallèle entre les eaux calmes du port où l'on peut, tel l'oiseau, nicher en repos et sécurité et le large – si bien qualifié par la langue espagnole de « mer libre » - où l'on peut prendre comme l'oiseau, ailes déployées, son envol vers l'infini. Deux espaces maritimes étonnamment opposés, radicalement séparés par le tracé rocheux, rectiligne, de la jetée : le Rempeolas*.

Célèbre promenade barcelonaise que Chloé arpentera souvent avec sa famille, tel jeudi, tel dimanche ; par tous les temps.

Textuellement : Brise-lames ou brise-vagues.

Mais il y a un autre lieu, plus étrange, sur les hauteurs menant au Tibidabo où l'on aime bien aller le jeudi, en prenant un tramway aux clochettes bruyantes qui grimpe allègrement les rues en pente ou, mieux encore, un autobus à étage comme les bus londoniens où l'on aime bien, tout en haut, voir le panorama de la circulation et surtout, jeter au passage un œil dans les appartements des entresols aux fenêtres grand-ouvertes les jours de beau temps. Juste un coup d'œil rapide, évidemment ! Mais ce lieu étrange où l'on aime souvent jouer et se promener, c'est le Parque Güell. Architecte futuriste de cette première moitié de siècle, lui aussi, comme le Gaudi de la Sagrada Familia, il a parsemé ce « Parc » de monstres, d'animaux étranges faits de céramiques polychromes aux vives couleurs.

C'est un espace où, plutôt que jouer, on aime monter puis descendre l'immense escalier aux rampes non de métal mais de pierre calcaire recouverte de ces petits carrés de mosaïque polychrome aux formes d'animaux fantastiques ; ou encore, courir à cache-cache dans d'étonnantes galeries, un peu inquiétantes, dont la voûte et les colonnes ont un revêtement de pierre, rugueux comme celui de la peau des caïmans. Brrr ! Quelle inquiétude à la pensée que l'on pourrait s'y perdre, dans la pénombre un peu froide !

Et puis, par les belles journées de juin et même, encore, fin septembre au bout de ces trois mois d'été, ces « grandes vacances » que l'on passe en France dans les familles respectives des parents (Gascogne ou Bretagne) et sur la Côte Basque, il y a un avant-goût ou une prolongation de l'été...

La plage de Barcelone ! En ville, quel plaisir étonnant ! La « Barceloneta » avec son étendue plate de sable fin, son eau calme et transparente est, en bordure de ville, un salon de thé-casino. Plaisir supplémentaire offert par les gentillesses maternelles (il faut les mériter...), on peut prendre une boisson fraîche, une glace et, pour les plus grands, danser. De la plage, en barbotant, en faisant des brasses ou allongés comme des lézards sur le sable, on entend, atténuées par les grandes verrières du casino, des musiques de slow, de tango, de paso-doble. C'est une évasion rêvée hors de la grande ville : on pourrait se croire en voyage, dans une île lointaine. Et pourtant, ce n'est qu'un jeudi comme tant d'autres !

Souvent, à la fin d'un automne toujours beau et tiède dans ces régions ou au sortir de l'hiver, les parents s'inscrivent aux excursions du dimanche. Elles sont organisées par quelques animateurs de la Colonie française – ainsi nomme-t-on ces regroupements autour des consulats ou, dans les capitales, des ambassades, de familles françaises vivant en terre étrangère que des liens d'amitié finissent très souvent par unir plus intimement : ingénieurs, commerçants, professeurs, représentants de grandes firmes ou comme le père de Chloé, des Chemins de fer (ce n'est pas encore la SNCF) et du Tourisme français. On emporte presque toujours le pique-nique, on prend un autocar pour passer la journée dans des criques tranquilles (il n'y a pas encore, quel bonheur, de côtes défigurées par des armées de gratte-ciel) ou sur les contreforts pyrénéens : au Monseny, à la Font del Gat*, à Montserrat aussi. De ce lieu célèbre, historique, Chloé a gardé quelques images brèves, juxtaposées avec les autres petits morceaux de sa mosaïque. Un train qui grimpe en courbes ascendantes jusqu'à une plate-forme haut juchée. Au-dessus des têtes, face à soi et tournant le dos au vide impressionnant,

* *La fontaine du chat*

d'énormes rochers se perdant dans le ciel. Ils font penser, se dit Chloé, aux tours de cette étrange Sagrada Familia de leur quartier. Là s'abrite le célèbre monastère des moines bénédictins. Et, comme en un fond de grotte qui pourrait faire penser à celle de Lourdes, une petite chapelle ouverte où étincellent des centaines de cierges devant une vierge noire trônant tout en haut dans la voûte, hiératique dans sa robe évasée et sa cape de brocart.

Il y a eu aussi ce dimanche passé, en un mois de Mars déjà tiède, à la Font del Gat où, après le pique nique avec les amis, on a découvert un immense tapis d'un bleu mauve qui s'étendait loin, loin, sous les taillis et les arbres des bosquets ; tâches de couleur tendre presque dissimulées par les feuilles mortes jonchant le sol : les centaines, presque les milliers des premières pervenches, annonciatrices du printemps. On en fera de gros bouquets rustiques. Au retour, dans les appartements de Barcelone, ils rappelleront à chaque instant de leur vie brève, fragile, que l'hiver est fini. Ils feront le lien avec, quelques semaines plus tard, les bouquets de petites roses au cœur odorant mêlées à des violettes que l'on ira acheter dans les kiosques de la Rambla de las Flores*. Ah ! ce parfum léger mais délicat des bouquets printaniers !... Il sera remplacé, en juin, par le miel enivrant des longues tiges de genêt qui descendent jusque dans les appartements depuis les hauteurs de Barcelone. Celles de la colline de Monjuich surtout, où ils abondent un peu avant l'été. Les parents aiment y passer certains après-midi de dimanche, par jours de beau temps, presque chauds déjà, après la période des fêtes pascales. Très souvent un couple d'amis les accompagne, dont les filles, Simone et Yvette sont des camarades de classe, inséparables depuis déjà plusieurs années, de Chloé et de son frère Marcel.

* *Très longue et populaire avenue, joignant les boulevards du Port à la Place de Catalogne. Elle tire son nom – Rambla – de celui des torrents qui dévalent, avec leurs eaux rapides, de la montagne vers la mer lors des violentes averses méditerranéennes, mais à sec la majeure partie de l'année. La Rambla de Barcelone est divisée sur son parcours en tronçons dont le nom correspond au genre de kiosques ou d'étals qui la parcourent : la Rambla des journaux, la Rambla des fleurs, etc.*

Leur père est directeur de l'Institut Français de Barcelone. L'après-midi du dimanche, on prend de bonne heure le tramway qui descend les Ramblas, longe la plage de la Barceloneta et aboutit à une large place. De là, on emprunte un large escalier bordé de pavillons de pierre : témoin architectural de l'Exposition Universelle de 1888 où triomphe, se prolongeant jusqu'aux deux premières décades du vingtième siècle, ce courant de l'Art-Déco qu'en Espagne, en Catalogne surtout, on appela le Modernisme. Prendre ce bel escalier, c'est faire une belle ascension architecturale, illuminée, les soirs de grandes fêtes, par d'éclatants feux d'artifice. L'escalier aboutit tout en haut à une vaste esplanade dominant la mer, où s'étalent les tables et les chaises d'un café-restaurant panoramique. En dégustant avec leurs amis un jus d'orange ou l'incontournable « café con leche »**, Chloé aimait rêver à un voyage vers l'infini, suggéré par la contemplation du port méditerranéen et les taches blanches sur le bleu ou parfois le gris, des paquebots de croisière. Plus loin, le vaste horizon du Mara Nostrum, cette

*** café au lait. Une des boissons préférées des Espagnols que l'on prend à toute heure de la journée et du soir.*

étendue presque fermée sur elle-même dont les cours suivis par Chloé et ses livres d'histoire lui contaient la richesse et la diversité d'une commune civilisation. Dans le creux d'un vallon vers l'intérieur de cette haute colline de Montjuich et tournant le dos à la mer, voici une vision imprévue, un vaste cirque de pierre formé de gradins : le « Teatro Griego », reconstitution, vers la fin du dix-neuvième siècle, d'un théâtre antique.

Sans doute était-il animé, lors de l'exposition universelle, par des spectacles de plein air.

Chloé et ses amies se plaisaient alors à imaginer, loin dans les siècles, la représentation de pièces d'Eschyle où déclamaient Œdipe et Agamemnon entourés de chœurs antiques ; alors revivaient les récits étudiés en classe ; ils retrouvaient leur cadre de nature, lumière, verdure méditerranéenne et un parfum qui, bien longtemps, accompagnera ce souvenir dans la mémoire de Chloé. Un parfum pénétrant, sucré, suggérant ceux de la jacinthe et du nard, parfums d'Orient, antiques eux aussi ; un parfum émanant d'arbustes touffus entourant le théâtre grec, avec des fleurs blanches, étoilées, aux pétales cireux ; leur nom, ils ne le savaient pas, les enfants du moins ; et c'est bien plus tard, à l'occasion d'un voyage que Chloé, par hasard, apprendra le nom botanique savant de ces plantes odorantes qu'elle reverra enfin, avec un petit pincement de cœur : les *pitosporum tobira*.

Au retour de ces promenades, il arrive que l'on préfère laisser le tramway à la Place de Catalogne. Afin de continuer à marcher un peu, la maison n'étant pas loin, celle des amis non plus, on remonte le Paseo de Gracia avec, comme le Paseo de San Juan non loin – c'est probablement un des éléments préférés de l'architecture urbaine des années 30 -, de larges trottoirs bordés de platanes. Des boutiques élégantes défilent : chapelleries, bottiers, vêtements de haute-couture, mobilier de style, galeries d'art. Soudain, dans la montée nonchalante du retour, on aperçoit sur la droite un étrange édifice : une façade de cinq étages non pas plate comme celle de toutes les maisons mais ondulante, couronnée d'une crête déroulant ses spirales, avec des fenêtres toutes différentes les unes des autres (hauteur ou largeur), des pilastres de pierre ou de terre cuite et, pour certaines, des balcons de métal de forme onduleuse. « Voici la maison du diable » dit invariablement le père de Chloé. Un peu craintive, elle lui serre la main très fort, son frère, plus âgé qu'elle, ricane. Bien plus tard, retournant pour quelques jours à Barcelone, Chloé saura que c'est la « Casa Mila » construite par Gaudi, l'architecte de l'étrange et inachevée Sagrada Familia*.

Spectacles – Par les dimanches un peu sombres, un peu froids au creux de l'hiver barcelonais, quand Chloé et son frère ne sont pas invités à goûter par leurs nombreux amis et camarades de classe et si les parents sont, eux, invités ou n'ont pas envie de sortir, il y a le cinéma. En noir et blanc, mais, depuis un certain temps, sonorisé ; « parlant » comme disent les spécialistes. La petite bonne de la

---

La Casa Milà, du nom de ses commanditaires, « fut commencée en 1906 et achevée en 1910 : elle constitue la dernière réalisation – au demeurant tout à fait exceptionnelle – de Gaudi dans le domaine de l'architecture civile (...). Les seuls murs sont les murs extérieurs ». Les architectures fantastiques de Gaudi. Publication Paul Bernabeu, Ed. Atlas, 1983.

maison, Asuncion** a très envie, elle aussi, de voir un film plutôt que d'aller voir ses sœurs ou le reste de sa famille.

Elle demande la permission d'accompagner les enfants au cinéma, ce qui arrange tout le monde. Cela change aussi des sorties dominicales habituelles mis à part, quelquefois, la visite d'un musée avec les parents, celui d'Art Catalan surtout, que Chloé aime bien. C'est l'époque des films où chante Carlos Gardel et de toute la série des Marx Brothers ; mais surtout, les plus appréciés, tout récents, ceux de Charlot (il vaudrait mieux dire sans doute Charlie

---

** Asuncion : Marie de l'Assomption. Il est très courant en Espagne, depuis longtemps, de donner aux filles comme prénom celui de fêtes ou même de sanctuaires de la Vierge. Ainsi de Marie de la Conception (ou Conchita), de la Purification, de la Nativité ; du Pilar (Saragosse), du Carmel (ou Carmen), de Montserrat et même, assez souvent, de Lourdes. Comme dans la conversation courante on n'utilise pas le nom « Marie », pour simplifier, ces prénoms parfois insolites déconcertent souvent les étrangers.

Chaplin mais on ne le connaît alors que sous ce surnom). On a confié à la bonne quelques pesetas car, à l'entracte, un vendeur passera dans la salle avec de quoi goûter dans de grands plateaux de bois. Plus que les bonbons et chocolats, ce sont les « panes de viena » que l'on préfère, petits pains ronds à la mie blanche et tendre fendus en deux avec, à l'intérieur, une tranche de jambon « serrano » fine comme du papier à cigarettes. Un régal, ces goûters au cinéma, les dimanches d'hiver !

Il arrive que les parents sortent le soir. Généralement, c'est pour aller au théâtre. Presque toujours pour des représentations exceptionnelles. Les parents de Simone et Yvette, les amies préférées de Chloé et de son frère, ont loué à l'année une loge au Liceo, l'une des salles d'art lyrique les plus célèbres tels l'Opéra de Paris, la Scala de Milan, le Métropolitan de New-York, par exemple. N'occupant qu'un soir cette loge lorsque le spectacle est donné pour deux ou trois séances, ils en font profiter leurs meilleurs amis. Chloé garde en mémoire l'image de sa maman, moulée dans une élégante robe du soir, les crans de sa coiffure soigneusement marqués au fer, subtilement parfumée, gants de peau fins comme du tissu et couvrant une partie de l'avant-bras, chaussures vernies à barrette, éventail par soirées un peu chaudes et son père, en habit noir avec une cravate de soie enserrant le col dur d'une chemise blanche – moment de la séance d'habillage un peu mouvementé dont les enfants perçoivent de leur chambre les exclamations. Ils partent sous le regard admiratif, un peu nostalgique de ceux qui ne peuvent les suivre. Le lendemain, sur la table du repas de midi, il y aura, accompagnés de force commentaires, les programmes aux couvertures en couleurs à faire rêver : « Le Chevalier à la Rose » de Richard Strauss et surtout, car les parents en parleront souvent, plus tard, avec tels ou tels de leurs amis, « Boris Godounov » un célèbre opéra de Moussorski avec, surtout, dans le rôle principal, celui de ce tsar, l'extraordinaire Chaliapine à la voix impressionnante de basse russe. Des noms que Chloé ne pourra jamais oublier ; mais c'est seulement plus tard, dans ce qui sera pour elle tout d'abord un « exil », qu'elle comprendra combien ses parents, eux aussi, ont pu dans cette ville de son enfance vivre des moments privilégiés ; des moments sans doute parmi les plus heureux de leur vie d'adultes.

Juin : fêtes et chaleur. Depuis la fin du mois de mai, la chaleur augmente de semaine en semaine, presque de jour en jour. Une chaleur lourde, comme humide, qui semble monter de la mer. Juin, c'est pour ces régions méditerranéennes de l'Espagne le mois des abricots. De couleur orangée, presque gros comme des balles de tennis... et si savoureux ! Ils viennent pour la plupart, de Murcie ; de cette même Huerta où en hiver, les orangers courbent sous le poids de leurs fruits.

De là, précisément, datent les premières images de la « deuxième » enfance de Chloé dans les orangeraies et la grande maison du Président des producteurs et exportateurs d'agrumes, M. Ferrer et sa femme, amis de ses parents. Mais en ce moment, ce sont les abricots ; associés à cette chaleur pesante et – pourquoi ? Elle ne saurait le dire – à la descente à pied vers la gare de chemins de fer. Lorsque, certains soirs, en une promenade avec sa mère et son frère, elle va chercher son père qui rentre de voyage. D'où ? De Paris peut-être, où de certaines villes d'Espagne ou du Portugal. Quand ses affaires l'ont fait s'absenter plusieurs jours et qu'il revient harassé mais heureux de retrouver la maison et les siens. C'est pour ceux-ci une promenade bienvenue à la fin d'une des dernières journées de classe – on arrête les cours la veille de la Saint-Jean, fête que précède la traditionnelle Distribution des Prix dont on sort avec une pile de beaux livres portant le nom de « Librairie Française, Barcelone ». et la dispersion pour trois mois de vacances.

Deux ans auparavant, en ce même mois de juin, il y avait eu pour Chloé, son amie Yvette et d'autres camarades de sa classe, la Communion solennelle. Juin est, dit-on, le mois des communions. Chloé aura 13 ans dans quelques semaines : l'entrée en adolescence, déjà... De cette importante cérémonie, en 1934, elle se rappelle une longue messe en musique dans la Chapelle Française pleine à craquer, de gros bouquets de roses que les communiantes – les filles seulement – disposent sur l'autel de la Vierge avant de repartir en procession, filles d'un côté de l'allée centrale, garçons de l'autre en costume bleu marine et brassard blanc. Et pour elles, les longues robes de mousseline blanche avec une large ceinture moirée (la sienne, avec sa jolie aumônière, restera soigneusement rangée pendant des années dans le coffre où l'on garde à l'abri des mites et de la poussière les vêtements et les habits les plus délicats). Et puis, il y a cet obligatoire voile de tulle et un petit diadème léger, orné de fleurs blanches. C'est la maman de Chloé qui les a choisis avec elle ; mais celle-ci aurait préféré – pourquoi ? Plus romantique, peut-être ? – un large voile, d'organdi comme la robe et, autour de la tête, pour le maintenir, une couronne de grosses roses blanches : c'est ce qu'elle a admiré sur l'une de ses compagnes et amies, Thérèse. Dommage, on ne fait pas toujours ce que l'on souhaite ; à cette époque, ce sont les parents qui décident et consultent rarement leurs enfants. Jour de fête qui, pour Chloé, s'est achevé avec famille et quelques amis dans la grande salle à manger Art-Déco de l'Hôtel Oriente sur les Ramblas, hôtel où ils avaient logé quelques semaines lors de leur arrivée à Barcelone. Il y a, sur tout cela, un fait important dont resteront, pendant très longtemps, quelques petites feuilles –témoins ses images de Communion. Fort belles et toutes différentes : les unes en fin dessin bleu ou ocre, tracé avec pureté dans le style (cela, elle le saura plus tard) des célèbres figures du Larousse dessinées dans les années Art-Déco ; les autres en couleurs, certaines avec quelques discrets points et lignes d'or, avec au verso son nom, la date et le lieu de la Communion Solennelle. La dernière fois que cet ami de son père était venu, Chloé s'en souvient encore, apprenant qu'elle allait bientôt célébrer cette grande fête religieuse qui marque l'entrée dans l'adolescence, il lui avait dit en lui tapotant la joue : je t'offrirai tes images de communion et c'est moi qui les ferai pour toi.

Après son départ, Chloé avait interrogé son père, étonnée : « Oui, à ses heures disponibles il fait de la gravure ; tu verras, c'est un très bon artiste » ! C'était vrai. Les images arrivèrent, elles étaient superbes. Chloé, admirative et reconnaissante, n'oublia jamais le nom de cet artiste, ami de ses parents : Emile Butor. Mais un jour, bien plus tard, dans des Journées d'Etudes en Anthropologie Culturelle, le débat porta occasionnellement sur le Nouveau Roman et son créateur, Michel Butor. Un intervenant posa cette question : « Que faisait son père ? Il n'était pas écrivain ». Un autre répondit : « Il était, je crois, dans les chemins de fer ». Chloé, avec un petit choc au cœur, se lèvera et dira, au milieu de cette assemblée de chercheurs, cinéastes, écrivains et artistes : « Mais oui ! Il s'appelait Emile. C'était un collègue de mon père à ce qui était alors la Compagnie des Chemins de Fer Français. Mais c'était aussi un artiste qui gravait à ses heures de loisir. Il m'a gravé et offert mes images de Communion Solennelle ». Silence étonné et admiratif dans la salle... Oui, Michel Butor, le fondateur du Nouveau Roman avec son premier ouvrage dans les années d'après-guerre, <u>La modification</u>, qui devait faire sa célébrité, Michel Butor que Chloé peu après eut l'occasion de rencontrer par deux fois, était bien le fils – qui aurait pu le prévoir ? – d'Emile, graveur et ami de son père, dont elle contemple souvent dans la maison de famille de belles gravures des années 1930.

Deux mois avant la Communion Solennelle, l'aumônier de la Chapelle Française, un père assomptionniste, avait annoncé au cours de catéchisme qu'il allait y avoir prochainement une cérémonie de confirmation et qu'il fallait s'y préparer. Il ne venait que rarement d'évêques de France et l'archevêque de Barcelone devait être fort occupé pour venir spécialement confirmer les enfants français. Un évêque français se rendant d'Indochine en France pour se reposer quelques mois dans sa famille après un séjour d'Asie éprouvant, ferait escale à Barcelone. Les résidents français pourraient profiter de ce bref arrêt pour faire confirmer leurs enfants. Chloé se souvient encore de cette cérémonie toute simple mais qui l'avait un peu surprise. Non sans étonnement, elle avait vu un prêtre barbu, oui, portant une longue barbe grise (on lui dit, par la suite, que c'était en quelque sorte un signe distinctif des missionnaires en pays lointains), coiffé d'une mitre, assis dans le chœur sur un grand fauteuil pour accueillir la procession des enfants et adolescents parmi lesquels son frère Marcel. Quand le tour de Chloé était venu pour s'agenouiller à ses pieds, elle avait levé les yeux vers un sourire plein de bonté, entendu quelques mots en latin et reçu une petite tape sur la joue. Voilà, elle était confirmée. Et par le premier prêtre barbu qu'elle ait jamais vu dans sa vie.

Et la chaleur, qui continue de s'accentuer ! L'été arrive, les cours s'achèvent, l'un et l'autre marqués par deux fêtes majeures, complémentaires : la Saint-Jean, suivie de près par la Saint-Pierre. Dans ces régions du contour méditerranéen, la Saint-Jean se fête, semble-t-il, avec plus d'intensité et de liesse populaire qu'ailleurs. Fête solaire, fête du Feu, sa célébration en ce solstice d'été remonte à la nuit des temps.

Dans ces quartiers neufs de l'*Ensanche* aux nombreuses places géométriques que sont les recoupements de rues presque droites, on prépare depuis des jours le bûcher qui sera allumé dans la nuit du 21. Sur la place où est leur maison, face à l'Institut Français, il y en a un qui s'élève peu à peu. Ses composantes en sont hétéroclites, pittoresques même : bûches et fagots d'arbustes odorants venus des collines environnantes, vieilles chaises de bois à demi-cassées, lattes de placards ou de portes défoncées et d'autres objets mal identifiables tels de vieux cartons, mais qui prendront feu avec facilité. Les garçons du Lycée Français et ceux des écoles catalanes voisines sont allés acheter des fusées et des pétards. La mère de Chloé fait une moue de désapprobation en voyant arriver dans les mains de son fils Marcel ces artifices qu'elle juge quelque peu dangereux. Son père, plus indulgent, la rassure : il les lancera en hauteur depuis la grande terrasse qui couvre l'immeuble comme ceux de la majeure partie de Barcelone. Maisons en terrasses ainsi que, sur l'autre rive de la Méditerranée, celles de Tunis, d'Alger ou de Rabat ; architecture méditerranéenne. Vers les dix heures du soir, on monte donc sur la terrasse par une nuit chaude et claire, scintillante d'étoiles. De là-haut, quel panorama ! Au fond de ce vaste entonnoir bordé de maisons, où s'entassent peu à peu tous les gens du quartier, le bûcher vient soudain de prendre feu. Il pétille, la fumée monte peu à peu jusqu'aux terrasses, des clameurs de joie s'élèvent. C'est le moment, on peut lancer vers le ciel pétards et fusées qui éclatent de partout, renforçant le bruit. Certains en bas, près du bûcher maintenant embrasé, ont apporté quelques guitares, trompettes, tambourins. Alors, des farandoles endiablées déroulent leurs nœuds autour du feu. Chaleur, sons discordants, cris joyeux, étincelles, claquement assourdissant des pétards et fusées : c'est l'image visuelle et sonore qui restera gravée, avec bien d'autres, dans la mémoire de Chloé et ressurgira, des années plus tard, lorsqu'elle tentera de se pencher sur ce pan de vie qui fut vraiment un pan de bonheur. La Saint-Jean, fête païenne du feu, fête solaire, fête méditerranéenne ; symbole pour Chloé de l'été dans toute son ardeur.

Eaux de cristal, ciels diaphanes. Encore, pour une dernière fois, en petits éclats de mosaïque, des images de mer, des échappées vers les criques rocheuses de Sàgaro, de la Platje d'Aro, de Caldetas... Heures bienfaisantes de fraîcheur marine hors de la pesanteur moite de Barcelone, avant le grand départ des vacances. Parmi ces tableaux marins dans toute leur diversité, Chloé en revoit souvent un, gravé dans son esprit. Celui d'un dimanche d'été passé dans l'une de ces criques au nord de Barcelone avec un petit groupe de la colonie française où ses parents retrouvent, comme chaque fois, leurs meilleurs amis. On loue un petit autocar (les voitures particulières sont peu nombreuses à cette époque), on emporte des paniers de repas, des boissons fraîches qui s'échangeront spontanément, tous assis sur le sable fin dans un recoin ombreux de cette jolie petite crique entourée de rochers près de Sàgaro. Ce sera vers les deux heures de l'après-midi (on est en Espagne) après avoir barboté, plongé, nagé toute la matinée dans une eau d'un bleu-vert, transparente comme du cristal.

Il n'y a pas encore à cette lointaine époque – Dieu soit loué ! – les constructions « sauvages » - immeubles et hôtels à huit ou dix étages – qui, bientôt, détruiront à jamais la beauté de ces sites encore dans leur état de nature. Une image qui jamais ne s'effacera dans la mémoire de Chloé, conserve tel le tableau d'un peintre qui fixe les fugitives teintes et effets de lumière d'un paysage intensément vécu pendant quelques brèves heures. Ce tableau : un plongeon, ou plutôt la coulée silencieuse d'un corps dans une eau glauque, si transparente que l'on dirait du verre avant de la toucher ; un silencieux plongeon depuis un petit rocher où l'équilibre n'est pas facile. Quelques brasses, souples, dans l'eau tiède et calme, pour en faire le tour, puis... il faut remonter sur le rocher pour plonger à nouveau, encore et encore en prolongeant le jeu. Mais pas facile ! C'est glissant et pas d'aspérités assez larges pour poser un pied puis l'autre. Deux tentatives vaines avec chute dans la mer lors du premier plongeon. Mais voici une main tendue vers la nageuse, un bras obligeant qui la hisse et lui permet de se rétablir. C'est un grand jeune homme, venu passer la journée avec le groupe d'amis. Mais... Dieu, quelle confusion ! La bretelle trop lâche du maillot de Chloé a glissé le long de son bras et laissé voir un petit sein naissant... Vite, vite, on tire sur la bretelle. Tout rentre dans l'ordre et l'on remercie l'obligeant jeune homme en rougissant très fort. Aura-t-il remarqué ? Ce sera deux fois encore le même épisode après deux autres plongeons et quelques tours de brasse près du rocher. Décidément !... Premier émoi de l'adolescence, confusément ressenti, encore mal expliqué dans l'esprit de Chloé. Mais rien à craindre toutefois : l'aimable jeune homme vient de se fiancer à Francine, jeune belge venue passer ici la journée avec ses parents qui, eux aussi, sont des amis des parents de Chloé. Cela explique la présence inattendue de ce jeune homme particulièrement obligeant. Eau de cristal, rocher glissant, crique à la courbe parfaite, main qui se tend vers Chloé, petit sein nu qui se découvre à l'improviste, léger battement de cœur ; ce sont les fragments d'un tableau, d'une mosaïque à l'antique plutôt qui sont à jamais associés aux derniers jours d'une enfance heureuse qui s'achève ; d'un début d'adolescence heureux et regretté.

Retour à Barcelone – Mais pour très peu de temps. Heures de demi-torpeur, de demi-désoeuvrement – mais il faut ranger livres et cahiers de classe, mettre de l'ordre dans les chambres que l'on ne retrouvera pas avant septembre. Courte transition, toujours un peu déconcertante, entre le rythme scolaire et le changement qu'apportera la vie d'été dans un décor différent : en France, Gascogne puis Bretagne, avec les oncles, tantes, cousins et amies avec, entre ces deux séjours, tout un mois sur la côte basque, dans le Guipuzcoa espagnol. Mais pour l'instant, dans l'appartement barcelonais où l'on a très chaud, Chloé se remémore - encore un petit éclat de pierre vernissée qui va rejoindre sa mosaïque – les dernières heures en classe de français. Leur professeur préféré, Madame de R... leur avait dit : « Pour votre dernier devoir, je vous laisse libre thème. Quand vous me rendrez, la semaine prochaine, vos dissertations, je vous lirai des passages de celles que j'ai préférées ».

Clara W..., une anglaise très sympathique au visage un peu carré constellé de tâches de rousseur, aux cheveux d'un blond-roux coupés très courts, avait écrit avec passion : « J'aimerais devenir danseuse comme la Pavlova, si émouvante dans « la mort du cygne » de Saint-Saëns ». Chloé, si éprise de danse rythmique dont elle continuait de suivre assidument les séances, avait applaudi sans réserve. Mais, encore sous l'emprise de ses premières années méditerranéennes, de leur ambiance antique, de ces côtes rocheuses du Mare Nostrum, des plantes à l'odeur acre et pénétrante du Théâtre Grec et des collines environnantes, elle avait écrit d'une plume lyrique des phrases s'envolant vers des cieux de rêve : « Oh ! Ciels diaphanes des nuits d'orient dans l'odeur pénétrante des nards ! Nuits d'un bleu sombre mais presque transparent sur les temples antiques de Grèce et d'Italie ! ».

Avec enjouement, dans l'ambiance détendue, presque joyeuse, des dernières heures d'études, Madame de R... avait lu comme promis quelques phrases de toutes ces libres compositions, loué la créativité sans entraves de ses élèves. Et Chloé n'oubliera jamais cela, elle avait souhaité à tous, comme chaque fin d'année scolaire, de bonnes vacances : « Reposez-vous bien, distrayez-vous et... à la Rentrée ! ». Phrase – et cela, Chloé et ses camarades ne le savaient pas encore – qui serait la dernière s'adressant à eux dans ce lycée de Barcelone où ils avaient passé tant d'années heureuses.

Dernières petites pierres de sa mosaïque : cette chevauchée du retour quotidien dans le soir à leur caserne proche de ce quartier, des « guardias de asalto »*. S'éloignant, vus de dos campés sur leurs chevaux, par Chloé qui regarde la place de la fenêtre de sa chambre avant de rejoindre la famille pour le dîner. Strict uniforme bleu marine, petite casquette souple de même couleur, large ceinturon blanc barrant la veste en diagonale. Chloé, songeuse mais intéressée – déjà ! Elle n'ose se le dire en cette toute jeune adolescence – se dit : « Je vais regarder intensément celui-là, l'un des deux qui ferment

Corps de police à cheval créé dans les années de la République espagnole qui combattit pour la défendre et fut supprimé par Franco lors de sa victoire.

On peut naître une deuxième fois

la marche. Peut-être que le poids de mon regard le fera se retourner et il me verra à la fenêtre, en s'éloignant ? ». Jeu étrange, jeu innocent - Pourquoi cette idée est-elle venue à l'esprit de Chloé ? Elle ne saurait le dire – Mais voilà qu'au bout de quelques secondes le cavalier se retourne... Il entrevoit une silhouette féminine qui le regarde, à travers le rideau soulevé, puis il se tourne vers son compagnon et, sans doute échangent-ils quelques phrases amusées – Voilà, le jeu a réussi – Les guardias ont disparu . Chloé s'éloigne de la fenêtre. On part ces jours prochains, on quitte Barcelone pour l'été. Jamais plus Chloé ne reverra passer cette garde montante. De ces jeunes cavaliers, elle y repensera plus tard, lesquels auront survécu ? Certains, tombés mortellement dans la bataille qui, très bientôt, va faire rage ; d'autres, fusillés lorsque toute l'Espagne sera dominée par ces troupes qui, dans la crainte, rappelleront les vagues d'envahisseurs berbères venus du Maroc, se succédant sur le sol ibérique pendant un demi-millénaire... Mais cette fois, pas d'inter-échanges culturels, d'une semi tolérance aux périodes de trêve.

Maintenant, et pour longtemps, ce sera la guerre impitoyable, l'installation kilomètre par kilomètre durement acquis, d'un régime intolérant et répressif. La main de fer d'un certain généralissime. D'un certain Francisco Franco, jusque là inconnu de la plupart de ses concitoyens espagnols. Mais Chloé, son frère, leurs amis ne savent rien de tout cela, ou presque. Il y a bien eu un léger changement autour d'eux. Des signes avant-coureurs que seuls les parents, les grandes personnes, avaient remarqués. Des nouvelles préoccupantes, par radio, des articles de journaux, sans doute. Une sourde effervescence, à peine perceptible par les adolescents et les enfants. Et puis, il y avait quelques mois, cet attentat de nuit non loin de leur quartier. C'était sans doute un samedi soir ; un homme assassiné : Chloé se souvient du lendemain dimanche où, dans la matinée, ses parents, son frère et elle étaient allés voir le lieu de l'attentat. Il y avait plein de monde et dans la foule, ils avaient retrouvé Yvette et Simone avec leurs parents, car cela s'était passé tout près de leur maison. Chloé se souvient qu'ils avaient échangé des paroles à voix basse. Un cordon de police empêchait d'approcher de trop près le sol jonché de débris et d'éclats de verre : une voiture mitraillée, sans doute. Mais aux jeunes, on n'avait rien dit. Il faudra bien des années pour, en un retour en arrière, comprendre que cette enfance heureuse s'achevait, sans le savoir, par des heures qui allaient devenir de plus en plus sombres. Et que tout allait changer, non pour quelques mois comme ils l'avaient cru tout d'abord, mais irrémédiablement.

VII - LES CITRONS

EPILOGUE

Premiers jours de juillet 1936. La chaleur humide, lourde, s'est définitivement installée ; les vacances scolaires ont commencé depuis presque deux semaines. Chloé, son frère, leurs amis sont impatients de partir. Certains ont déjà quitté Barcelone pour ces trois mois d'été. Les maîtresses de maison étrangères, à l'exemple des Espagnoles, commencent à installer comme chaque début d'été, avec l'aide des domestiques, la « casa de verano »* comme on dit en Espagne. Vêtements d'hiver rangés soigneusement, parsemés de boules de naphtaline, dans le grand coffre espagnol avec ses médaillons gravés dans le bois, de style Philippe II, installé, avec ses grands fauteuils, près de l'entrée ; matelas (sauf ceux où l'on dort encore : ils attendront le dernier matin) vaporisés de fly-tox. Que d'odeurs désagréables ! se dit Chloé ; mais elles renforcent l'image, qui ne s'effacera pas au fil des ans, du départ loin de la grande ville surchauffée, vers les paysages de Bretagne et de Gascogne, des plages basques aux

*La maison d'été.

fins ourlets d'écume, où il fait bon jouer à la pala**. Et pour achever cette transformation domestique, sofas et fauteuils recouverts de draps blancs qui les mettent à l'abri de la poussière et des mites. Dans quelques jours à peine, on va sortir des cagibis dont chaque appartement de l'immeuble dispose sur la terrasse, en haut de la maison, près des lavoirs, la grande malle qui partira quelques jours avant ses maîtres, bourrée comme tous les ans de linge et de vêtements d'été ainsi que de quelques livres de classe pour ne pas oublier les connaissances scolaires. Mais, cette année, on n'y mettra pas les maillots de bain, sacs, peignoirs de plage et éprouvettes. Un changement un peu déconcertant se disent entre-eux Chloé et son frère Marcel. Les parents leur ont expliqué, au moment de la distribution des Prix, qu'ils vont les emmener pour passer 2 ou 3 semaines chez leurs grands-parents, oncles et tantes paternels, dans le Gers. Ils y retrouveront leurs cousins et les amis de ceux-ci que, d'habitude, ils ont la joie de rencontrer en septembre, vers la fin des vacances. Une fin de septembre partagée entre Gascogne

*** Sorte de raquette de bois plein, utilisée dans les jeux de pelote basque, devenue très en vogue dans les années trente.*

pays de leur père – et Bretagne, celui de leur mère. La Bretagne où des oncles, tantes et cousins sont chaque année impatients de les accueillir. En cette fin d'été, au « pays des Chouans » comme disait leur grand-père maternel qu'ils n'ont hélas pas connu, les journées sont douces, encore lumineuses après les orages d'été, la mer tiède à Saint-Malo sur la plage de sable fin qui court le long des vieux remparts. On passe par Combourg où leur père aime à réciter quelques pages de Châteaubriand près du grand étang ; on va à pied, de chez une des tantes, au château des Rochers, avec ses belles prairies où paissent paisiblement de fins chevaux de selle mais qui rappellent aussi le temps où Madame de Sévigné aimait expliquer à sa fille, Madame de Grignan, que faner, c'était « batifoler en retournant le foin... » Mais tout est chamboulé, différent, cette année. Pas de plage durant deux mois sur la côte basque du côté espagnol. Leur père va participer, accompagné de leur maman, à un congrès d'exportateurs d'agrumes d'Espagne, souvent invités par les clients étrangers : Portugal, Allemagne, Angleterre.

Cette année, ce sera pour quinze jours le Danemark et les Pays Scandinaves. Beau voyage en perspective pour les parents, qui s'en réjouissent. Bien sûr, Chloé et son frère sont heureux de retrouver vers le 14 juillet la Gascogne, et plus tard peut-être, la Bretagne, pour un temps. Mais pourquoi cette interversion de séjours en France et cette suppression de longues semaines de mer, de promenades dans l'arrière-pays montagneux, de passionnantes parties de pelote, à Fuenterrabia* ? Le père de Chloé leur explique brièvement que cette année, exceptionnellement, il ne peut quitter son poste de Barcelone. Oui, mais pourquoi ? Chloé trouve que, depuis un certain temps, son père est soucieux, très absorbé par son travail semble-t-il. Par son travail, mais par quoi d'autre ? A cette époque on ne met pas les enfants, même à l'orée de l'adolescence, dans les confidences des grandes personnes... Et c'est Juillet 1936... En revanche, disent les parents, on a prévu de louer pour les deux mois d'été qui suivront leur retour de voyage, une

---

Fontarabie, port de pêche à cette époque et plage, sur la rive espagnole de la Bidassoa qui sépare la France de l'Espagne.

On peut naître une deuxième fois

petite maison en bordure de mer, au nord de Barcelone ; à Llavaneras**. Ainsi, en raison de la proximité, leur père pourra venir tous les soirs, nager et respirer l'air au bord de la plage, se reposer à la fin des longues journées passées au bureau dans la lourde chaleur de Barcelone.

Avant de partir pour ces trois semaines, on va donc confirmer la location à la station balnéaire de Llavaneras, visitée par les parents et, pour Chloé et son frère, découvrir les lieux. Pas de criques dans ce coin-là mais quelques rochers cependant, qui délimitent de part et d'autre une longue plage de sable fin que bordent des maisons à un étage avec, comme partout sur ce rivage méditerranéen, une terrasse supérieure. Un petit village calme, avec ses rues bordées de platanes et quelques boutiques, suffisantes pour se ravitailler. La propriétaire, une catalane jeune, accueillante, fait visiter la petite maison, avec ses sols dallés, comme partout dans l'Espagne méditerranéenne. On sort sur un balcon

*** Petite station balnéaire, encore familiale avant la Guerre Civile espagnole, à une vingtaine de kilomètres au nord de Barcelone comme il s'en échelonne jusqu'à la frontière.*

bordé par un jardin étroit, tout en longueur, qui s'incline vers la plage. Un jardin rustique comme tous ceux de cette région et quelques arbres qui apporteront un peu de fraîcheur par les chaudes après-midi d'été. Mais quelle vue ! Une étroite étendue dorée – la plage – qui s'étire le long du rivage marin d'un bleu profond, jusqu'à l'horizon. C'est beau et tout calme, se dit Chloé. Et puis la mer, presque à portée de la main où à tout instant de la journée, on pourra plonger, nager en eau calme et tiède. Cela console d'un changement si déconcertant cette année dans l'habituel programme de l'été. Tandis que ses parents discutent avec leur hôtesse, Chloé et son frère contemplent le paysage en évoquant ce séjour tout nouveau, si différent, un peu dépaysant mais finalement agréable, qui les attend d'ici à quelques semaines. Cependant, parmi les odeurs un peu âcres, coutumières à leurs narines, de ces plantes des rivages méditerranéens, une senteur inhabituelle, acidulée, se répand et s'impose sur la terrasse : les branches, chargées de fruits de deux citronniers reposent sur le balconnet de bordure séparant la terrasse du jardin.

« Vous pourrez en cueillir quand vous voudrez » dit la dame. « Tenez ! » Elle tend la main, en prend quelques-uns, en donne un à Chloé. De gros citrons avec leurs feuilles d'un vert brillant, et une odeur !... Ah ! cette odeur mi-sucrée, mi-acide, si pénétrante, du gros citron odorant dans la petite main de Chloé.

Cette odeur qui accompagnera la dernière vision des jours heureux de Catalogne – Une vision dont elle ne sait pas que ce sera – oui – la dernière – Dans le lointain de l'horizon contemplé, dans les brumes du devenir, se prépare à surgir une première page où va s'inscrire, brutalement, une tranche nouvelle d'Histoire, toute autre. On ne reviendra plus jamais dans cette petite maison d'été de Llavaneras. Dans trois ou quatre jours, on quittera Barcelone. Pour quelques semaines pense-t-on. Mais on n'y reviendra plus... Devant Chloé le gros citron odorant dans la main, la Méditerranée scintille sous le soleil de cette chaude fin d'après-midi de juillet, ourlant d'une fine dentelle blanche la plage qui s'étire longuement. Mare Nostrum, « notre mer »... C'est fini.

On peut naître une deuxième fois

On peut naître une deuxième fois

Éditeur :
Books on Demand GmbH,
12/14 rond-point des Champs Élysées,
75008 Paris, France

Impression :
Books on Demand GmbH, Norderstedt, Allemagne

ISBN : 9782322102549

Dépôt légal : janvier 2018
www.bod.fr

Pierre Léoutre
122 rue nationale 32700 Lectoure
(Gers – France)

pierreleoutre.com